밥 먹다가, 울컥

밥 먹다가, 울컥

박 찬 일 산 문 집

기어이 차오른 오래된 이야기

웅진 지식하우스

박찬일의 『밥 먹다가, 울컥』은 먹고 사는 이야기다. 재료를 말하고, 음식을 말하고, 음식에 얽힌 사람을 말하고, 결국 음식을 통해 삶을 말한다. 책을 읽다보면 음식과 삶이 같은 것이라는 생각이 든다. '단짠'이라는 말은 요새 사람들이 단맛과 짠맛의 조화를 선호해서 생긴 말이다. 그러나 여러 가지 맛이 섞이면 쓴맛이 된다. 음식의 맛이 언제나 조화로울 수 없듯, 우리의 삶도 언제나 좋을 수만은 없다. 이 책은 우리가 삶의 쓴맛에 울컥하게 될 때, 그 쓴맛에는 여러 가지 맛이 섞여 있다고, 그럼에도 우리들의 인생이 마냥 쓰기만 한 것은 아니었다고 위로해준다.

— 만화가 강풀

박찬일의 글에는 언제나 향기가 있다. 그 향기는 어린 시절 하굣길에 맡았던 김치찌개의 냄새일 때도 있고, 유럽 어느 골목길의 빵 굽는 냄새일 때도 있다. 그리고 그 향기엔 고단하기도, 즐겁기도, 슬프기도, 재밌기도 한, 우리 삶에 대한 깊은 연민과 애정이 녹아 있다. 그의 음식이 그렇듯 그의 글이 그렇다. 세상 모든 '먹는 행위'가 트렌드가 된 지금, 박찬일은 우리에게 '먹는다는 것'은 시간과 경험을 나누고 삶을 공유하는 것이라고 책을 통해 말하고 있다. 그가 밥 먹다가 울컥한 것처럼 나도 그의 글을 읽다가 울컥했다. 고마운 작가고, 고마운 주방장이다.

— 영화감독 변영주

박찬일 셰프는 때로는 새벽 3시에, 때로는 새벽 5시에 원고를 보내곤 했다. 그가 밤의 서정에 까무룩 감겨 산 자와 죽은 자들이 먹었던 밥을 밤새 지어 보내면, 김이 펄펄 나는 글을 읽는데도 이상하게 허기가 졌다. 사진팀은 음식 사진을 핑계 삼아 일찌감치 식당을 찾았고, 원고에 빈번히 등장하는 육두문자나 은어들로 진땀을 빼던 편집팀은 마른 허기를 탓하며 점심 메뉴를 정했다. 고로 그의 연재가 끝났을 때, 우리는 모두 '점심 대란'을 겪어야 했다. 그의 '밤의 노고'가 매번《시사IN》편집국과 독자들에게 성찬이 되어줬다. 연재글이 단행본으로 묶인 덕에 '글밥'을 나눌 식구들이 늘게 돼 기쁘다. 미리 말하자면, 뜨겁고 주린 글이다. 서럽고 넉넉한 밥이다. 참 묘한 맛이다.

—《시사IN》김다은 기자

일러두기 | 이 책은 저자가 2022~2023년 주간지 《시사IN》에 연재한 원고를 바탕으로, 새로 다듬고 더해 쓴 글들을 모은 것이다. 인터뷰이의 사정을 고려해, 일부 인명이나 지명 등은 실제와 다르게 쓰기도 했다.

잊지 않으려 쓴다

자꾸 무언가를 잊어버리는 나이가 되었다.

잊지 않으려고 한국의 100대 명산과 지하철 2호선 노선도를 외웠다.

식구들의 생일과 쿠팡의 비밀번호를 외웠다.

그리고 23275833. 군번이다. 훈련소에서 첫 식사를 하는데 남은 밥을 버리다가 토했다. 거기에는 이렇게 적혀 있었다. "네가 버린 잔반은 국민의 세금이다!" 잔반이란 말만 들어도 나는 구역질이 난다. 거기에는 사람이 없다.

언젠가 버킷 리스트를 적어놓았었다. 음식이던가.

아버지랑 동네 목욕탕에 가서 목욕하고 병 우유 마시기.

몽골에 가서 늙은 양 구이 먹기.

한여름에 마장동 천변에 있는 무허가 고깃집에서 피 냄새 나는 토시살 먹기.

오사카 우메다역 제3빌딩 구석 망해가는 중국집에서 450엔짜리 볶음밥 서서 먹기.

타이베이 시장에서 장사하는 영등포 출신 한국 화교 부부의 짜장면 사 먹기(그 아저씨는 옛날 독립문표 반팔 '난닝구'를 입고 노천에서 윷을 놀리고 있었다. 그가 한국인인 나를 보고는 큰 소리로 말했다. "한국!" 그는 이른바 귀환자 내지는 귀국자다. 한국 화교로 살다가 타이완으로 '돌아간' 자들. 그는 그 나라에서도 한국식 짜장면과 짬뽕을 팔아 먹고산다. 본문에 나오는 내 친구 '찐개'도 아마 그 나라에 살고 있을 것이다).

두부요리의 달인(?)이던 아버지는 더 이상 지구에 없다. 그저 내게는 낡은 내복 입은 뒷모습으로만 남아 있다. 아버지가 목욕하고 사주시던 병 우유도 사라졌다. 언젠가 편의점 진열장에 비슷한 게 보이길래 반가워 얼른 집었는데, 유리병이 아니었다. 더운 우유는 어디서 파는가. 옛날 담배 연기 자욱한 다방에 어린애를 데려오는 아버지들이 있었다. 설탕 탄 더운 우유를 사주고 아버지는 신문을 보며 성냥을 그어 담배를 피웠다. 나는 결국 평생을 살아도, 옛날만 사는 것 같다. 그래서 어른이 못 되었다.

아, 버킷 리스트에 한겨울 눈 오는(!) 자갈치시장 좌판에 앉아 밥 사먹기도 있었구나. 이건 참 어려운 일이다. 지금도 장사를 하시는지 모르겠다. 혹시라도 부산에 눈 오는 날이면 나 대신 가주시길. 거기 허리 굽은 할매가 끄는 반찬 수레가 있다. '스텡'으로 만들어 아주 튼튼한 수레를 끌고 좌판에 앉은 할매 상인들 사이를 돌아다닌다. "찬 주소!" 하면 반찬을 덜어 파는 반찬 수레다. 추운 날에는 시락국이 잘 팔리고, 더운 날에는 냉국이 잘 팔린다. 좌판은 냉난방이 안 되니 말이다.

어느 날 의사가 말했다.
"고지혈증입니다. 약을 드세요."
처방을 받았다.
"저는 지방을 많이 안 먹는데요."
나를 빤히 보며 의사가 거두절미하고 말했다.
"유전입니다."
사람이란 종족은 먹으면 저장하려고 든다. 유전이다. 언제 또 먹을지 모르니까. 고지혈증은 그러니까 원래는 좋은 시스템이다. 당대에 와서 언제든 먹을 수 있게 되니 병이 되었다. 맞다. 우리는 잘 먹는다. 많이 먹는다. 그렇지만 흘러간 기억

안의 사람들과 먹을 수는 없다. 그게 그립고 사무쳐서 잠을 못 이룬다.

　말로는 할 수 없는 밥과 사람들이 있었다. 만두를 손으로 집어먹던, 고춧가루 간장에 찍어먹는 나를 보면서 가르치듯 말해주던 조선족 '쩐쩐룽' 아저씨는 아직도 연락이 안 된다. '아라이'로 평생을 살다가 이제 여의도 고급음식점 어엿한 찬모가 되어 월급 280만 원 받는 윤씨 아줌마는 얼마 전 전화가 왔다. 그이는 20년째 명절에 내게 전화나 문자를 한다.
　"내가 한번 대접할 테니 꼭 오세요."
　우연히 들렀던 어느 대폿집에는 냉장고가 없었다. 주인 할머니는 왕년에 공사장 곰방질 전문이었다고 한다. 벽돌을 져서 아이들을 길렀다. 미지근한 막걸리를 마시며 그 얘기를 들었다.
　"우리 집에는 노인만 와. 늙은이들은 찬 술을 못 마시니 냉장고가 필요 없어요."
　나는 흐물흐물 웃었다.
　겨울이 와서 군산 홍집에 가야지, 하고 있었는데 이제 봄이 오고 있다. 할매는 잘 계신지. 대전에 다녀온다고 하고선 40년이 넘도록 오지 않는 홍씨네 새댁은 어디 사는지. 나는 이런 게 궁금하고 슬퍼서 못 견딘다.

　기억해야 할 사람들 얘기를 쓰겠다고 생각했다. 이제는 죽은 사람이 여럿이다. 혼자서 막걸리를 마실 때면 그들이 더 생각난다. 그 기록이다. 《시사IN》에서 귀한 지면에 받아주었고, 독자들의 독촉으로 다음 이야기를 썼다. 책 한 권이 되어서 낸다.

2024년 1월

박찬일

1 | 그렇게 사라져 간다

2 | 차마 삼키기 어려운 것들

3 | 추억의 술, 눈물의 밥

1

그렇게 사라져 간다

누구보다 만두에
진심인 사람이 있었다

찐쩐룽. 그러니까 김진룽 아저씨를 기억에서 끄집어내게 된 건 등기서류 한 장 때문이었다. 발신인은 강원도의 한 세무서 담당 공무원이었다. 찐쩐룽과 내 이름이 나란히 적힌 서류는 당최 해독이 불가능했다. 세무서에서 나 같은 요리사에게 무슨 볼일이 있을까 싶은 데다가 내용도 독촉장 같았다. 세무서에 전화를 걸었다.

"저 죄송합니다만, 서울 사는 아무개입니다. 이런저런 서류를 받았는데 무슨 뜻인지요?"

"아, 기다려봐요. 박찬일 씨 맞죠? 서류에 적힌 대로 하시면 됩니다."

그는 마치 세금을 깎아달라고 하는 민원인을 상대하는 듯한 말투였다.

"저는 세금을 안 낸 적이 없습니다. 더구나 금시초문인 강원도 세금을 떼어먹은 적은 더더욱 없는 것 같습니다만."

"박찬일 씨가 세금을 안 냈다는 얘기가 아니에요. 찐쩐룽 씨 체납 건이에요."

나는 도저히 이해가 안 되었다.

"김진룽 씨 체납 건인데 왜 제게 독촉 서류를 보내셨는지요?"

그는 답답하다는 투로 말을 이었다.

"박찬일 씨가 찐쩐룽 씨와 ○○년에 거래한 적이 있죠? 인건비를 지급한 사실이 있네요."

거래라. 인건비라. 감이 왔다. 이 세무서 직원은 단지 내가 세금 체납자와 거래 사실이 있다는 이유로 편의적으로 내게 무시무시한 등기서류를 보낸 것이었다. 나는 진땀을 흘리며 오랜 기억을 더듬었다.

○○년 무렵, 한 식당을 열려고 공사를 하고 있었다. 오래된 건물을 개조하는데 보통 골치 아픈 게 아니었다. 무허가 건물 비슷한, 도면도 없는 곳이었다. '무허가 건물 비슷하다'

는 건 이만저만한 과정을 거쳐 '양성화'되긴 했지만 그 건물의 존재가 정확하고 상세하게 입증되는 건 아니라는 뜻이다. 뭐 그렇다 치고 넘어가자. 옛날엔 그런 일이 많았다.

무허가 건물은 주민증 없는 사람 같은 것이다. 주민증이 없으면 무적자다. 사람은 있는데 기록이 없다. 실존하는데 입증이 안 된다는 뜻이다. 건물도 그렇다. 물리적으로 있는 건물인데, 없는 건물이기도 했다. 도면도, 증개축 이력 기록도 없었다. 전기선은 어디로 가는지 배관은 어느 구석에 묻혀 있는지 파보기 전에는 알기 어려웠다. 그때 해결사로 나타난 분이 김진룽 아저씨였다.

"내가 무허가 전문이요. 돈만 맞으면, 사장님 하자는 대로 다 합니다."

아저씨는 조선족 동포였다. 그는 엄연한 중화인민공화국 인민이었으니 김진룽이 아니라 중국어 발음대로 찐쩐룽이었다. 동포라는 말을 나는 참 좋아한다. 한 배에서 났다는 뜻이다. 포(胞)는 자궁이자 태(胎)다.

동포(!)인 그의 덕에 공사는 무사히 끝났다. 가스와 수도 매설 위치를 찾아냈으며, 심지어 원래 있던 화장실까지 뜯어내 발주자의 요구대로 옮겼다. 물론 도면도 없이.

"나는 도면이 있으면 더 못해요. 없는 게 편해요. 무허가 전문이니까 말입니다. 내가 원래 무허가 사람이었소, 하하."

그의 유머는 북방 배갈처럼 셌다. 무허가 인간이란 말은 아마도 조선족을 대하는 한국인의 시선을 비튼 풍자였으리라. 그는 한국인(또는 한민족)의 혈통을 가지고 있었으므로 대한민국 국적을 얻을 수 있었다. 언젠가 그가 한 말이 지금도 생생하다.

"국적을 얻는 게 나 같은 사람은 어렵소. 품행방정해야 한다지 않소."

그냥 하는 말인 줄 알았는데, 이 말은 공식적이다. 국적을 얻자면 누구든지 품행방정(品行方正)을 전제로 한다. 한때 구인 공고에도 빠지지 않던 말. 이제 민간에서는 사라진 말. 그는 품행이 방정하지 않았다. 그래서 연락이 끊어진 후에 내게 날아든 세금 체납 서류에 여전히 김진룽이 아니라 찐쩐룽으로 남았으리라.

그는 술을 좋아했다. 삼겹살에 소주도 잘 마셨다. 중국 독주인 바이주는 한국에서 너무 비싸고, '삐주(맥주)'는 싱거워서 안 마신다는 그였다. 대신 빨간 뚜껑을 찾았다. 술을 마시면 자주 만두나 국수를 먹었다. 선주후면(先酒後麵), 민족적 해장의 전통을 가진 동포였다.

서울 자양동에 있는 그의 집에 가본 적이 있었다. 냉동고에서 만두를 찾아서 내게 쪄주었다. '고향'만두였다.

"만두는 둥그런 게 맛있어요. 포자가 만두지 이런 교자는 만두가 아닙니다. 이런 건 얍삽해서 안 먹습니다."

포자, 그러니까 바오쯔(包子)는 둥그렇게 오므려 만든다. 교자는 버선처럼 날렵한 만두다. 그날 그가 쪄준 만두가 교자였다. 아, 그가 말했지, 만두는 속(소)이 없는 빵이라고. 중국은 그렇게 구별해서 부르고, 우리는 뭘 채워 넣었든 그냥 만두라 부른다. 그는 한국에 와서 받은 제일 큰 충격이 중국집에서 단무지 주는 것과 만두 속에 당면이 들어간 것이라고 했다.

"구두 신은 발에 또 구두 신고 다니는 사람 없잖소?"

당면은 원래 만두와 동격인 국수의 일종으로 하나의 식사였다. 그런 뜻이었다. 우리도 만두에 당면 넣은 역사가 길지 않다. 해방 이후에도 한동안 없었다고 한다. 만두소에 당면을 넣으면서 한국의 만두는 아시아의 다른 나라 만두와 독자적으로 갈라섰다. 아니 김치를 넣으면서 이미 갈라선 길이었달까.

어릴 때 집에서 어머니가 해주는 만두와 사 먹는 만두의 차이는 소에 있었다. 어머니는 당면을 듬뿍 넣었고, 파는 건 돼지비계와 검은색 무말랭이가 많이 들어 있었다. 다져 넣은 무말랭이는 색깔이 고기 같고 씹으면 쫄깃하고 오도독했다. 만성적인 식량 부족의 나라에서 최선의 재료였다. 모든 것이 모자라도 무는 풍성했다. 그 시절 짜장면에도 무말랭이가 들어갈 정도였다.

만두에 대한 집착과 진심은 저 대륙 사람들의 공통점인 듯하다. 내가 아는 중국 혈통 주방장 두 분이 있다. 그들이 식당을 열면서 제일 신경 쓴 일이 만두를 손으로 직접 빚는 것이었다. 군만두는 빚는 것이지 사오는 것이 아니라고 말이다. 손님이 군만두를 시켜 먹고 청구된 비용을 보고는 '서비스 군만두에 왜 돈을 받느냐'며 화를 내자 크게 실망해서 만두 만들기를 그만두었던 분이 이연복 주방장이다. 그의 절친한 친구이자 화교 선배인 왕육성 주방장도 미슐랭 1스타를 받은 식당을 열면서 내놓은 메뉴가 바로 부인의 손만두였다. 그는 다른 멋진 요리조차 전혀 자랑하지 않았다. 오직 손만두를 그 특유의 환한 얼굴로 권했다. 이게 진짜예요.

여전히 김진룡이 아니라 찐전룽으로 살아간다는 사실이 세무서 서류로 확인된 아저씨. 품행이 방정하지 못해서 손해를 보는, 만두에 진심이었던, 점심으로 배달시킨 만둣국도 중국식으로 꼭 만두만 건져 먹고 국물은 남기던 아저씨. 설비공과 타일공은 좁은 공간에서 쭈그리고 일해서 무릎이 일찍 망가진다고 속상해하던 아저씨는 이제 세금을 다 냈는지 모르겠다. 공사판에서 마시는 시멘트 가루를 씻어내는 데는 삼겹살이 제격이라는 내 말을 듣고 아주 좋아했던.

"박 사장님, 오늘 가루 많이 마셨는데 삼겹살 구우러 안 갑니까."

그러고는 정작 소주만 잔뜩 마시던 김진룡 아저씨.

김진룡 아저씨의 프라이버시를 위해 가명을 썼다. 그가 이 글을 읽을 가능성은 아주 낮지만, 그래도 읽으면 자기 얘기인 줄 알아챌 것이다. 그가 밀린 세금을 내고 돈이 남아서 내게 만두를 사줬으면 좋겠다.

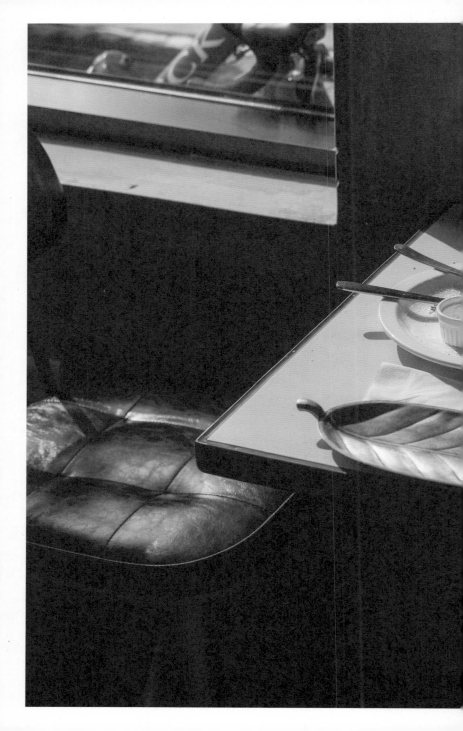

지구를 반 바퀴 돌아
녀석의 마음이 왔다

외국살이 해본 사람들은 대략 동의하는 바가 있을 텐데, 먹는 일이 제일 힘들다. 한국에 사는 사람들의 고민보다 훨씬 심각하다. "내일 뭐 해 먹지?" 거긴 컬리도 배민도 없다.

아는 후배가 하나 있다. 젊었을 때 무슨 기계 수입하는 회사에 들어가서 유럽으로 발령이 났다. 한국에 수입할 기계 수리며 관리에 대해 배우는 파견 과정이었다. 그는 닭을 아주 좋아했다. 그 옛날, 압력계를 달아서 튀기는 프라이드치킨을 앉은 자리에서 세 마리를 먹어치워서 주인을 놀라게 하기도 했다. 월급이 40만 원인가 할 때였을 텐데 치킨과 생맥주 값만 한 5만 원은 넘게 나왔다.

하여튼, 지금도 그렇지만 30년 전쯤에 유럽에 무슨 프라이드치킨 가게가 있었겠는가. 혈중 치킨지수가 낮아질 무렵, 참지 못하고 그는 닭을 직접 튀겨 먹기로 결심했다. 정육점 아저씨한테 튀김용 닭을 추천해달라고 하면 될 일인데, 치킨에 미쳐서 눈에 닭이 보이길래 얼른 토막 쳐 사와서 튀겨 먹었다.

"어쩐지 닭이 비싼데도 좀 작고 그렇더라."

녀석이 고른 건 비둘기였다. 비둘기 고기는 닭고기보다 몇 배는 비싸고 고급 요릿집에서 주로 판다. 특유의 묘한 야생의 냄새가 나는데, 이걸 그들은 미식의 한 지표로 본다. 평소 먹는 닭이나 오리와 다른 풍취. 미식이란 원래 일상의 맛과 다른 것을 의미한다. 아마도 비둘기 치킨을 먹은 최초의 한국인이 그 녀석일 것이다.

여담이지만, 요즘엔 외국살이나 여행에 대한 정보가 넘친다. 1990년대만 해도 중앙일보 출판국에서 나온 '세계를 간다' 시리즈가 전부였다. 이 시리즈는 일본 책을 번역한 것인데, 거기 소개된 가게에 가보면 흥미로운 일이 벌어지곤 했다. 손님이 순 일본인과 한국인만 있었다. 책이 출판된 양국의 손님만 바글바글했다. 한일전이 벌어져도 괜찮을 인원 구성을 이루곤 했다. 로마를 소개하는 편에는 어떤 파스타집이

나왔는데 알고 보니 그곳에서는 메뉴판은 물론이고 주문도 일본어로 하고 있었다. 주인이 일본인이었다. 취재도 힘들고 하니, 기왕이면 동포가 하는 가게를 소개하자, 뭐 맛도 괜찮은데. 필자는 아마도 이런 심리였을 것 같다. 혹시라도 옛날판 『세계를 간다: 이탈리아편』이 있으면 찾아보시기 바란다. 테르미니역 앞 가게였던 걸로 기억한다. 하여튼 그러던 시절이었다.

그 녀석이 유럽에서 일으킨 사건 사고가 한둘이 아니었다. 처음 떠날 때 그의 이민 가방에는 일반미 두 말이 실려 있었다. 유럽 사람들은 다 빵만 먹는다, 그러니 쌀이 없을 것이다, 쌀을 지고 가자. 이런 결론을 내렸던 것이다. 그 쌀이 다 떨어지자 그가 시장에서 산 쌀은 향료 냄새 나는 인도 쌀이었다고 한다. 찰기가 없어서 불면 훅 날아가는 쌀로 밥을 지어서 가져간 '3분 카레'를 데워 덮어 먹는데, 신세가 처량해서 울고 싶어지더란다. 그 한심한 옛날 얘기를 듣던 친구가 한마디 했다.

"야, 인도 쌀에 대한 모욕이다, 그건. 인도 밥에 3분 카레라니."

이탈리아 쌀에 관해서는 웃기는 기억도 많다. 밥 지으려고 리소토용 쌀을 샀는데, 색이 노랗고, 그 왜 있잖은가, 수영장에서 나는 염소 소독약 냄새, 그게 풍기는 게 아닌가. 알고 보니, 일종의 인스턴트 샤프란 리소토였다. 샤프란에선 염소 소독약 냄새와 비슷한 향이 난다. 쌀 진열대에는 샤프란, 버섯, 트러플을 넣은 즉석 조리 리소토를 판다. 한국에서 판다면, 1인분에 3, 4만 원 이상 받아야 하는 고급 재료 리소토다. 이걸로 밥을 지어서 고추장에 비벼 먹었다. 소독약 냄새 나는 고추장 비빔밥 맛을 상상해보라.

고추장은 외국살이 하는 사람들에게 유용하다. 안 상하지, 값도 싸지, 매운맛에 대한 갈망도 해결하지, 다용도로 쓴다. 여행자들도 사 들고 나간다. 미처 준비 못 한 사람들은 국적기 승무원들에게 몇 개 얻어 가기도 한다. 아예 그 용도로 항공사는 서비스 삼아 미리 넉넉하게 싣는다. 빵에 발라 먹어도 한 끼 때울 수 있고(마요네즈랑 섞으면 먹을 만하다), 온갖 요리에 제몫을 다 한다. 어떤 서양 요리든 한식화하는 능력을 가지고 있다.

나는 오래전 이탈리아에서 아주 개고생을 하면서 요리를 배웠다. 제일 힘든 게 음식이었다. 매일 오일에 버무린 스파게티와 송아지고기를 먹었는데 이것도 하루 이틀이지 사람이 살 수가 없었다. 송아지고기는 싸고 간단하게 요리할 수 있어서 주인이 매일 주다시피 했다. 동네에 한식당은커녕 중국식품점도 없었다. 음식이 안 맞으니, 안 그래도 마르던 몸이 피골상접 상태로 가고 있었다. 매일 열 몇 시간씩 일하지, 제대로 못 먹지(송아지고기밖에 먹을 게 없었다), 일주일에 하루 쉬는 날에는 시체처럼 누워 있었다. 삐걱거리는 싸구려 침대 밑에 전갈과 도마뱀이 돌아다니는 방에서.

그렇게 지쳐가고 있을 때였는데, 가게에 웬 소포가 도착했다. 열어보니 고추장 1킬로그램과 마른 멸치였다. 어떻게 알았는지, 서울의 그 녀석이 보내준 것이었다. 운송료가 고추장과 멸치 값의 열 배는 들었을, 지구를 반 바퀴 돌다시피 해서 녀석의 마음이 왔다. 밥을 지어서 고추장 두 숟갈쯤에 멸치 몇 개를 부수어 넣고 엑스트라버진 최상급 올리브유로 비볐다. 먹는데 눈물이 났다.

정작 한국에 와서 진짜로 크게 울어버리는 일이 생겼다. 녀석이 젊은 나이에 갑자기 저세상으로 떠나버린 것이었다. 영정 안에서 웃고 있는 후배를 보니 심장이 턱 막혔다. 요즘도 마트에서 고추장을 볼 때마다, 내게 보내준 것과 똑같은 빨간 상표 고추장을 볼 때마다 나는 발바닥이 쑤욱 꺼지는 것 같다. 사람은 기왕이면 오래 살아야 한다. 그래서 주변 사람들에게 나쁜 기억도 막 쌓아서 나중에 죽어도 아무런 미련을 갖지 않게 하는 게 좋다. 진심으로 그렇게 생각한다.

며칠 전에 이 글을 쓰려고 녀석과 추억이 있는 장소를 휘돌아보았다. 청파동의 포대포라는 돼지껍데기 집이다. 좁은 자리에 다닥다닥 앉아서 피어나는 연기에 눈물을 질금거리며 껍데기를 구웠었다. 돼지껍데기처럼 질기게 좀 오래 살지, 뭐가 급해 그리 가버렸는지 알 수 없는 일이다.

그 후배 이름은 윤정진이다. '가온'이라는 미슐랭 3스타 레스토랑이 있었다(지금은 폐업). 그 식당을 처음 만들었을 때 그가 셰프였다.

짜장면을 안주로 들면
그가 생각난다

정말 오랜만에 녀석과 만난 곳이 모래내 중국집이었다. 우리는 짜장면에 소주를 마셨다. 녀석은 짜장면이 붙고 있는데도 젓가락을 잘 대지 않았다. 술잔만 자꾸 들었다. 그가 고개를 뒤로 꺾을 때마다 목울대가 유난히 도드라져 보였다. 많이 말랐네. 사람이 마르면 그곳이 크게 보인다. 그 큰 목울대를 움직이며 술을 마셨다. 한 병을 다 비우고서야 그가 말했다.

"미안하다. 못 지켜서. 집사람은 도망갔어."

전국을 뒤지며 찾아다녔다고 했다. 조선족 동포들이 많이 거쳐 가는 서울 가리봉동, 구로동은 물론이고 서울 근교 도시들, 멀리 여수까지 가봤다. 중국의 처가에도 갔다. 아내는 없었다. 냉대만 받았다. 자네가 해준 게 뭐 있나. 가난은 아내를 못 지켰다. 나중에 〈황해〉라는 영화를 보는데, 주인공의 상황이 마치 그 친구 같아서 힘들었던 기억도 난다. 아내는 어디로 간 것일까. 친구와 영화의 주인공은 같은 심정이었다.

녀석과 내가 만난 건 고등학교 2학년 때였다. 새 학기가 되어 교실에 들어갔더니 맨 뒷자리가 하나 남아 있어서 앉았다. 머리를 박박 깎고, 눈빛이 번쩍번쩍하는 녀석이 짝이 되었다. 농구선수였다고 했다. 당대의 천재 선수였던 허재랑 동급생이었다. 물론 허재는 다른 학교 소속 선수였다. 경기를 많이 치렀다고 했다.

"허재는 이미 중학교 때 고등학생보다 잘했어. 에이스였지. 시합에서 그를 막는 법은 딱 하나였지. 10반칙이라고 했어. 농구에서 5반칙이면 퇴장이잖아? 우리 선수 두 명이 허재에게 붙어서 5반칙으로 연속 퇴장당해야 그나마 막는다는 소리야."

녀석은 나이가 우리보다 한 살 많았다. 하지만 '복자'는 아니었다. 복자란 유급해서 1년 나이 많은 동급생을 말한다. 회복할 복, 사람 자를 쓰는 복자(復者). 복자는 깡패이거나 운동선수 출신이었다. 당시 우리 학교에는 유급 제도가 있었다.

그 나이 무렵 1년은 컸다. 덩치며 운동 능력이 한 해 한 해 달라지는 청소년기였으니까. 운동선수들은 흔히 학교에서 나서서 유급을 권유했다. 그걸 속어로 '꿇린다'고 했다. 깡패는 공부를 못해서 꿇었다. 그렇게 생겨나는 복자는 아무도 안 건드렸다. 깡패이거나 운동선수인데 누가 건드리겠나.

나는 그 시절, 별로 살고 싶지 않은(?) 소년이었다. 짝이 될 녀석에게 복자고 나발이고 반말을 했다. 녀석이 웃으며 말했다.

"난 복자 아니야. 나이는 한 살 많다만. 친군데 말 놓는 거지."

초등학교 때 어찌어찌하다가 한 살 늦었다고 했다. 이름에 용(龍)이 들어갔다. 64년 용띠였다. 그때 우리 학급은 '돌반'이었다. 공부 안 하거나 못하는 애들이 모였다. 담임은 첫날 와이셔츠 소매를 걷어붙였다. 기다란 몽둥이를 들고 나지막하게 말했다.

"나랑 붙고 싶은 놈은 계급장 떼고 해보자. 1년 조용하게 살고 싶다. 도와주라. 나, 이 학교 나온 너희들 선배잖니."

별명이 '카리스마'였다. 당시엔 카리스마라는 말이 흔하던 시대가 아니었다. 우리 학급은 문제 반이었다. 처음엔 한 반에 60명이던 숫자가 시간이 흐르면서 한두 명씩 사라졌다. 2

학년을 마칠 무렵엔 대여섯 명 가까이 없어졌다. 다수가 주먹 세계로 빠져나갔다. 철조망, 철탑, 542(버스 종점 이름이었다) 같은 불량 그룹들로. 그 그룹에 들어간 애들은 간혹 본드나 낮술에 취해 학교 앞에 와서 애들을 삥 뜯었다. 그런 학교에서 학생들 간수하고 분위기 잡기에는 카리스마 선생이 최고였다. 그는 매질을 별로 안 하고도 조용히 학급을 잘 이끌었다.

물론 선생님이 없을 때 툭하면 교실에서 싸움이 벌어졌다. 얻어터진 놈은 화장실에 가서 코피를 쓱 닦고 와서 수업을 받곤 했다. 녀석은 한 번도 싸움을 안 했는데, 아무도 건드리지 않았기 때문이다. 녀석은 내게 공부를 가르쳐달라고 했다. 초등학교 때부터 운동을 하느라 기초가 전혀 없었다. 그래도 골치 아픈 수학 시간에 졸지 않는 건 반장이랑 녀석밖에 없었다. 반장은 알아들었고, 녀석은 그냥 참았다. 선생님 덜 무안하라고.

"달랑 한 명만 듣고 있으면 선생 체면이 좀 그렇지 않냐."

나는 공부하기 싫어했고, 학교에 갔다가도 대충 도망쳤다. 가끔 녀석과 교복 입은 채로 학교 뒷산의 절 밑, 사하촌에 가서 밀주를 마셨다. 어른 흉내였지만 우리는 심각했다. 생각해보면 그것은 가난에 대한 서투른 절망 같은 것이었다. 녀석의 집에 처음 가서 놀란 건 키 큰 우리 둘이 그 집에서는 제대로서 있을 수 없다는 사실이었다. 지붕이 낮았다. 라면을 끓여 양은 밥상에 놓고 먹는데, 대낮에도 천장에서 쥐가 뛰어다녔다. 나랑 비슷한 녀석이 있구나. 내가 그를 좋아하게 된 이유였다.

어찌어찌 우리는 살아냈다. 군대 갔다 오고, 대충 밥벌이를 찾았다. 녀석은 보일러 고치고 설치하는 일을 했다. 장가가고 싶어 했는데 연애를 못 하는 눈치였다. 어느 처녀가 저 가난뱅이에게 쉬이 시집오겠는가. 마음이 아팠다. 그러던 녀석이 장가간다고 전화를 걸어왔다. 내가 사회를 봤던가. 조선족 처녀였다.

신혼집에 한 번 갔었다. 녀석이 애를 많이 쓰는 것 같았다. 하지만 둘이 잘 맞아 보이지 않았다. 그때 우리는 반주로 소주를 마시고 있었다. 그의 아내는, 중국 남자는 술 안 마신다고 했다. 술 좋아하는 그는 낙제였던 것 같다. 중국 남자는 술을 안 마셔요……. 그건 예감을 주기에 충분한 말이었다. 아내가 우울해한다고 녀석은 걱정했다. 안주로 오이를 내왔는데, 아내는 '황과'라고 했고 녀석은 '오이'라고 수정해주었다. 황과와 오이. 그렇게 둘이 옥신각신했다.

그러고는 이혼 아닌 이혼 소식을 들었다. 이혼 도장도 못

찍었다. 당사자가 없어졌으니 무슨 수가 있었겠는가. 실종 신고를 하지도 않았던 것 같다. 나는 당시 바빴다. 가끔 녀석에게 회사로 전화가 왔다. 바쁘다, 야. 그래, 곧 갈게. 그렇게 말하고는 못 갔다. 정말 오랜만에 만나서 들어간 게 모래내의 어느 중국집이었다.

어중간한 오후, 그 시절엔 중국집 2층에서 짬뽕 국물과 군만두에 술을 마시는 사람이 많았다. 우리는 짜장면에 소주를 마셨다. 폼은 사라지지 않아서 녀석은 중국집 팔각 물 잔에 소주를 마셨다. 짜장면엔 으레 그렇듯이 얌전하게 채 썬 오이가 올라가 있었을 것이다. 그는 사라진 아내에 대해, 황과와 오이에 대해 말했다. 같지만 다른 것이었다.

짜장면에 소주는 꽤 잘 맞는다. 여럿이 앉은 자리에서 안주로 주문한 짜장면을 숟가락으로 얼른 잘게 자른다. 그냥 놔두면 불어서 술안주를 할 수 없다. 밥으로 먹으면 후루룩 없어지는데, 술안주로 곁들이면 천천히 먹게 되니까. 소주나 이과두주를 한 잔 마시고 앞 접시에 짜장면을 숟가락으로 덜어서 춘장을 조금 뿌리고 생양파를 얹어 먹는다.

그날은 우울했지만 녀석과 그렇게 짜장면 안주로 재미나게 술을 마셨다. 우리는 금세 취했고, 녀석은 큰 키를 꼿꼿하게 세우고 밤길을 걸어서 돌아갔다. 그러고 나서 다시 만난 건 적십자병원 빈소였다. 그는 끝내 아내를 찾지 못했다. 나는 그저 생존하느라 바빴다. 사고였다. 술에 취해서였는지 어쨌는지 그는 한 길가에서 트럭에 치였다고 했다. 아무런 유언도, 아내의 소식도 없이 그는 쓸쓸하게 갔다. 그의 여동생이 오랫동안 슬프게 영정 앞에서 울고 있었다. 나도 한참 울었다. 내가 해줄 수 있는 건 그것밖에 없었다.

짜장면을 안주로 술을 마시면 녀석이 생각난다. 이미 오래되었는데도 잊을 수가 없다. 이 글 초고를 써놓고 방산시장 중국집 방산분식에서 3000원짜리 짜장면에 소주를 마셨다. 잔도 없이 물컵을 주는 집. 반병씩 따라서 쭉 들이켜면 두 번에 끝난다. 잘 살고 있냐. 거긴 소주 있냐.

40년 만에 갚은 술값

아는 선배한테서 문자가 왔다.

"○○반점 폐업. 아저씨 암 걸리심. ㅜㅜㅜ"

반점은 기름 볶는 요리다. 중국 음식이다. 폐암일 거다. 덜컥, 가슴이 내려앉는 충격. '한국 식당은 김치'라며 매번 갓담근 겉절이에 묵은지를 내는 집(중국집인데도 그렇다). 선배에게 이런 문자를 주절거리며 보냈다.

"사라지는 노포. 마지막 날에는 모든 단골이 모여서 꽃다발도 좀 안기고, 추억의 음식도 실컷 먹고, 주인이 혼신의 힘으로 마지막 주문을 만들어내고 땀을 훔치면서 홀에 나설 때 손님들이 박수를 쳐줄 수 있는 그런 문화가 있으면 얼마나 좋을

까요."

　폐업의 변이라도 써놓고 문 닫는 집은 드물다. 우리 사회는 이제 외면의 시대가 되었다.

　학창 시절에 잘 다니던 술집이 있었다. 등록된 상호는 뭔지도 모르겠고 선배들마다 개미집이라고도, 왕개미집이라고도 부르는 대학가에 흔하게 있던 아줌마 술집. 방학 때에도 돈 한 푼 없이 그 집에 가서 막걸리 한 병을 시켜놓고 공짜 깍두기에 마셨다. 막걸리 몇 병 값이 없었다. 계산을 못 하니 나가지도 못하고 저녁이 될 때까지 내처 마셨다. 기다리다 보면 졸업해서 취직한 선배가 누구라도 마치 학생처럼 왔다. 우리들 술값도 내주었다. 개미집은 그저 그런 술집이 아니었다. 우리 선배들아 공부하는 곳이었고, 사랑하고 싸우고 더러는 잠도 자는 곳이었다. 술에 취한 데다 차비도 없어서 가게 구석에서 말이다. 그런 집의 주인 내외가 병들어 가게를 그만하게 되었다.

　몇 년 후, 학과 창립기념식에 그 아주머니를 불렀다. 명예 79학번인가 학사증을 준비하고 외상값을 대신한다는 취지로 금반지도 드렸다. 그 아줌마, 그러니까 실명으로 김진자 씨는 마이크를 잡고 소감을 말했다.

　"79학번 ○○아, 너 뒷주머니에 돈 숨기고 술값 안 낸 거 내가 다 안다. 80학번 ○○아, 너 그때 여자 바꿔가며 데려와도 아무 말도 안 했지. 81학번 ○○아, 너는 등록금 갖고 술 마시다가 그때 휴학했지?"

비상한 기억력으로 유명한 김진자 씨는 완벽하게 왕년의 비밀을 다 떠벌릴 기세였다. 행사장이 난리가 났다. 더 심한 얘기가 나오기 전에 마이크를 뺏었는지 모르겠다. 그날 뒤풀이에서 다들 많이 취했다. 술집 주인에게 명예 학번을 헌정할 수 있는 학과를 다닌 게 우리들의 자부심이었다. 좀 유치하다고 생각하는 분들이 있더라도 말이지.

사실 그 집은 안주가 정말 맛없기로 유명했다. 공짜인 김치는 배추김치를 먹어본 기억이 없고, 간단한 깍두기를 냈는데 무를 얼마나 작게 잘랐는지 술 취하면 헛젓가락질을 할 정도였다. 동태찌개가 주력 안주였다. 그때는 그랬다. 물을 많이 부어서 양이 많아 보이고, 여차하면 재탕할 수 있는 찌개가 사랑받았다. 재탕을 부탁하면 잔소리를 하면서도 어떻게든 찌개를 다시 끓여 내다주던 사람이 또 김진자 씨였다. 학생들이 가는 개미 콧구멍만 한 대폿집으로 어떻게 자식들 가르치고 생계를 유지하셨는지 모르겠다.

군대 갔다 와서 복학했을 때였다. 무슨 장난이었는지 그 집에 다른 술집의 여주인을 모시고 갔다. 내 어머니라고 소개했다. 동태찌개가 나왔다. 크게 놀랐다. 김진자 씨의 음식 솜씨가 엄청나게 뛰어나다는 걸 알아버렸기 때문이다. 동태찌개의 국물은 어찌나 진하고 살뜰한지 목으로 넘기기가 미안했다. 동태 살은 결대로 살살 찢어져서 녹아내렸다. 학생용과 어른용 동태찌개가 다르다는 사실을 나는 알았다.

김진자 씨는 동태찌개 한 냄비로 하루 종일 버티는 학생들을 상대하느라 나름 요령이 생겼달까. 김진자 씨에게, 아니 개미집 아줌마에게 나중에 그 여주인이 우리 엄마가 아니라는 걸 말하지 않았다. 이유야 뭐 여러분이 아실 것 같다. 김진자 씨는 여전히 잘 계신다. 동문 선배가 가끔 통화한다고 한다. 그때마다 예의 학생들 이름을 외우며 운다고 한다. 전화를 걸었다.

"아줌마, 저예요. 찬일이."

"야, 오랜만이다. 니가 박찬일이지?"

"네. 건강하셨어요?"

"심심해 죽겠다, 야."

10분이 넘게 김진자 씨는 말을 이었다.

"아줌마, 우리 다시 만나요."

"그래 찬일아. 잘 지내. 행복해야 돼!"

선배들에게 연락했다.

"다시 모입시다."

얼마 전이었다. 학교 앞 중국집에 모였다. 아줌마가 들어설 때 모두 기립박수를 쳤다. 아줌마는 한 명씩 끌어안았다. 족집 게처럼 학번과 이름을 맞혔다. 옛날 얘기에 동태찌개 대신 탕수육에 소주를 마셨다. 이런 행사의 마지막은 역시 봉투가 장식해야 하는 법이다. 하나둘 아줌마 손을 꼭 잡고 봉투 하나씩을 꺼내어 쥐여드렸다. 아줌마는 봉투에서 돈을 꺼내어 세었다. 아줌마다웠다. 79학번인 시인 이승하는 이런 시를 썼다.

주법(酒法)
-중앙대학 앞 왕개미집에서

일백 년 후에 이 술집이
어떻게 되어 있을지 내 짐작할 수 없지만
오늘 이 자리를 잊지 않으려
술을 마시자 얼마 동안이라도 도취하도록
결코 비틀거리지는 않도록

일백 년 후의 내 머리카락과 뼈
어떻게 되어 있을지 내 짐작할 수 있지만
오늘 우리 이렇게 살아 숨 쉬고 있으니
자 마셔라 탁한 세상 탁한 술을 마시자구
정이 넘쳐 눈물이 고이고
얘기가 끊기면 미소만 짓고

빛나는 기억보다
빛나지 않는 기억들이
더욱 빛나리라 지금부터 일백 년 후
오늘 이 자리의 기억으로
식은 가슴이 따뜻이 차오르면
술 없이도 취할 수 있도록

-이승하, 『사랑의 탐구』(문학과지성사, 2000)

미디엄 레어가
웰던이 되더라도

"박찬일이지? 지금 내가 좋은 시를 하나 읽어주려고 해요. 우리 박찬일이가 글을 쓰니까 꼭 필요한 시예요."

바쁜 시간이었다. 바지 주머니의 전화기가 부르르 떨었다. 몇 번 끊기고 다시 걸려왔다. 하는 수 없이 전화기를 꺼냈다. 선생님이었다. 미디엄 레어의 스테이크가 웰던이 되더라도 받아야 한다.

요리를 팀원에게 맡기고 손을 닦았다. 급한 전갈이 있는 건가 했다. 그랬는데, 좋은 시를 읽어주신다니.

요리사에게 저녁 8시는 밥을 버는 황금시간이다. 그걸 모르실 리 없을 텐데. 그 며칠 전에도 전화를 주셨더랬다. 그날은 "찬일이가 그때 졸업을 했지?" 하고 물으셨다. "선생님이 졸업시켜 주셨잖아요" 했다.

선생님은 자주 전화하셨다. 은퇴하신 지 오래였다. 적적하실 거라 생각했다. 난 열심히 전화를 받고 대화했다.

그러던 중에 동창 친구에게서 뜻밖의 얘기를 들었다. 선생님께 인지장애가 온 거 같다는 말이 있다고 했다. 난 전화를 받을 때마다 그런 풍문이 사실인지 선생님의 기억력을 감히 테스트하려 했다. 30년도 넘은, 거쳐 간 수많은 제자 중 하나일 뿐인 나에 관한 기억을.

"선생님, 제가 공부를 잘했죠."

"무슨 소리예요. 공부 못했어요. 출석도 잘 안 했잖아. 내가 집에 전화도 많이 했는데요."

제자가 던진 농담에 정확한 직구로 받으셨다. 그 행간에 선생님의 병환 소문은 사실이 아니었다고 확신할 수 있었다. 그렇구나. 선생님은 아직 건재하시구나. 생각해보니 코로나가 기승을 부리기 몇 해 전, 댁에 가서 인사를 드릴 때도 정정하셨다.

그저 제자를 아끼는 마음에 전화를 거셨을 뿐이었다. 열심히 연락해서 덕담하는 선생님 마음을 그대로 받기로 했다. 스테이크가 웰던이 되더라도.

내가 사회에 나와서 밥이라도 벌어먹고, 남에게 큰 폐 안 끼치고 사는 건 거개 학창 시절 선생님들 덕이다. 어쩌면 한 인간의 미래를 만드는 건 선생님들이다.

"찬일이가 글을 따박따박 잘 써" 하셨던 초등 3학년 담임 선생님, 교과서에 나온 '라사(羅紗)'가 양복점을 의미한다는 걸 맞혔다고 칭찬하셨던 중학교 국어 선생님(임완기 선생님) 덕에 나는 글줄이라도 챙겨서 평생 벌어먹는 재주를 얻었던 것 같다.

칭찬은 사람의 미래를 만드는 마법 같은 주문이라고 생각한다. 그 시절에는 이유 없이 학생들에게 몽둥이를 휘두르고, 어머니들 불러서 서랍 열어놓는 양반들이 적지 않았지만 스승이라 부를 선생님도 많았다. 우리는 부모님이 낳으시고 선생님이 짓는 인생이 아니었나 감히 생각한다.

'오랜만이네. 잘 있었어요?'

옛 기억이 떠올라 앨범을 찾았다. 선생님은 사진 속에서 특유의 표정으로 자애롭게 웃고 계셨다.

'늘 푸른 보리처럼.' 그런 급훈이었던가. 그 시절엔 급훈을 담임선생님이 지었다. 시인다운 급훈이었다. 그러나 우리는, 아니 나는 그다지 보리처럼 푸르지 않았던 것 같다. 툭하면 학교를 빼먹고, 학교에 나왔을 때는 엎드려 잤다.

선생님은 나날이 표정이 어두워지고 건강이 나빠지셨다.
왜 아니겠는가. 반 아이 쉰 명 중에 이른바 교내외 폭력서클
멤버가 열 명이 넘는, 아니면 나처럼 무단결석을 밥 먹듯 하
던 아이들이 태반이던 학급이었다. 고등학생 주제에 거의 다
담배를 피워서, 쉬는 시간 화장실에서 폭연을 해댄 통에 동
네 주민이 창문 밖으로 뿜어져 나온 연기를 보고 화재 신고
를 한 일도 있었다.

새 학기가 시작되고 딱 한 달 만이었다. 한 달이라고 꼬집
어 기억하는 건 선생님이 이렇게 말씀하셨기 때문이다.

"학기 초 까맣던 내 머리가 하얗게 세었어요. 여러분 만나
고 한 달 만이에요. 좀 도와주세요."

교실은 침묵에 빠졌다. 선생님은 머리숱이 많아 백발이 더
희게 보였다. 조례가 끝나고 나랑 몇몇 아이들이 화장실에 모
여서 반성과 다짐을 했던 것 같다. 앞으로 웬만하면 학교에
나오자고. 나오면 대학 가겠다고 공부하는 애들 괴롭히지 말
고 뒷자리에서 조용히 엎드려 자자고. 담배 한 대를 돌려 피
우면서 우리는 각오를 다졌다.

"야, 생불(生佛) 선생님 진짜 화나신 거 같다. 우리가 도와드
리자."

선생님은 독실한 기독교인이었는데, 오죽하면 우리가 몰래

지은 별명이 생불이었을까. 선생님이 나쁜 말을 입 밖에 내는 걸 들은 적이 없다. 아주 심하게 화가 나면 이러셨다.

"지금 내가 속으로 욕을 하고 있어요. 들리죠, 여러분?"

옛 기억이 난다. 한번은 교무실로 날 부르셨다. 그래갖고 대학 가겠느냐, 등록금이 밀렸는데 넬 형편이 안 되느냐, 그리 물으셨다. 세상에 나는 그런 근심 어린 표정을 인생에서 다시 본 적이 없다. 상담인지 뭔지 모를 대화를 마치고 돌아서던 내게 선생님이 뭘 쑥 내밀었다. 하얀 기름종이에 싸인 햄버거였다.

1980년대 초반, 햄버거는 비싸고 귀했다. 이른바 브랜드 햄버거가 그랬다. 그 틈에 싸구려 햄버거가 시중에 많았다. 씹으면 간혹 패티가 버석거려서 닭대가리를 갈아 넣는다는 소문이 있었던.

교무실에서 교실까지 걸으며 햄버거를 씹었다. 입가에 갈색 소스를 묻히며 먹었다. 치아에 무언가 씹혔다. 목에도 무언가 걸리는 것 같았다.

복도에서 마주치는 친구들이 심각한 표정의 내게 말도 걸지 않고 그냥 지나갔다. 안경을 벗은 것처럼, 앞이 뿌옇게 보였다. 그때는 아주 진지하게 선생님 속을 그만 썩이자고 다짐

했던 것 같다.

얼마 전 선생님께 문자를 드렸다. 며칠간 답이 없었다. 선생님 근황을 잘 챙기던 동창 녀석에게 물었다.

"선생님 무슨 일 없지?"

"글쎄다. 별 소식은 못 들었어."

전화를 드려봐야겠다 싶었을 때 답장이 왔다.

'아 오랜만이네. 잘 있었어요?'

울컥해서 잠깐 답을 못 드리고 있는데 다시 문자가 왔다.

'찬일이 아니에요? 그럼 누구예요?'

맞아요, 선생님. 박찬일이에요. 이제 왜 전화도 안 주세요. 기름 묻은 손으로도 얼마든지 받을 수 있는데요.

선생님의 긴 인생의 시간에 한 점도 안 될 내가 기억되고 있다는 건 부끄러운 일이다. 한 번도 기쁘게 해드린 일이 없었는데. 선생님을 따라 시를 썼더라면 좋아하셨을까 여쭤봐야겠다.

최근 선생님께 문자를 드렸다. 다른 친구에게도 '찾아가 뵙겠다고 해라'라고 독촉도 했다. 선생님은 사양하셨다. '내가 너희들 보고 싶은데, 지금 몸이 아파 어렵다'는 전갈이었다. 연세가 많다. 이제 다시 못 뵙는 것일까. 마음이 저만치 주저앉는 소리가 들리는 것 같았다.

어느 악기에는
내 이름이 새겨져 있다

오래전 일이다. 이탈리아 중부의 작은 중세풍 도시인 구비오(Gubbio)에서 한국인을 만났다. 바이올린 같은 현악기 제작학교를 다니던 '늙은' 학생이었다.

"부안서 왔슈. 나이가 저보다 성님이네유."

아내가 있다고 했다. 서울서 아내가 벌어 생활비를 송금해준다고 했다. 눈매가 날카로웠다. 태권도 선수로 학창 시절을 보냈다고 했다. 고등학교 졸업하고 서울에서 패션 디자인을 했단다. 어쩌다 그는 이탈리아 반도 중부의, 인심 별로인 중세풍 도시에까지 흘러들었을까. 하기야 그나 나나 피차일반이었다. 아내 뜯어서, 공부랍시고 어쨌든 이탈리아에 와 있었다.

그는 책임감이 강했다. 빨리 배워서 아내 고생을 끝내고 싶다고 했다.

그는 이탈리아어를 잘 못했다. 형편없는 이탈리아어를 쓰는 내가 더러 간단한 통역을 할 정도였다.

"랭귀지 코스 같은 거 댕길 시간이 없슈. 얼른 익혀서 귀국해야쥬."

어떻게 입학을 했나 몰랐다. 그는 구비오 현악기 제작학교의 첫 한국인 학생이었다.

"불알친구랑 같이 배우러 왔어유. 면접 보는데 이탈리아어가 안 되니 교장도 답답했겠쥬. 한숨을 쉬더라고요."

그는 면접 보는 교장선생을 뚫어지게 쳐다보는 거 말고는 할 게 없었다.

"굳은 의지. 그런 거 보여주는 수밖에 더 있었겠슈? 안 되면 막고 품는 거쥬."

막고 품다. 도랑 양쪽을 흙으로 막고 물을 뺀 후 고기를 잡는 최후의 어로법을 이른다. 어떻게든 하자고 드는 절박감이기도 하다. 현악기 제작학교는 보통 북부의 원조 도시인 크레모나(Cremona)에 많이 간다. 한국인도 꽤 있다. 구비오는 산골에 있는 작은 도시였다. 그곳에 웬 한국인이 입학하겠다고 하니, 학교에서는 '붙여는 드릴게' 이런 마음이었을 것 같다. 과연 제대로 다닐까 의심하면서 말이다.

그는 정말 절박하게 학교를 다녔다. 이탈리아 학생들보다 더 악기를 잘 만들었다. 그게 그의 승부수였다. 그를 보러 학교에 간 적이 있었다. 여전히 그는 막고 품었다.

"말은 못 해두 돼유. 악기만 잘 만들믄 돼유. 그거 말구 뭐가 있간디."

3년제 학교였다. 그는 꼴찌로 입학해서 수석으로 졸업했다. 교장은 이탈리아에서도 알아주는 명장이었다. 교장이 그의 졸업 작품 바이올린을 학교 전시실에 공식 헌정했다. 솜씨를 인정한 것이었다.

자취방에서 그는 돈을 딱 세어서 학교에 갔다. 점심값 2유로였다. 얇게 썬 모르타델라(이탈리아식 햄)만 딱 한 장을 낙엽처럼 끼운 싸구려 샌드위치 값이었다. 싱싱한 모차렐라와 토마토, 루콜라 샌드위치도 있고 지역 명물 프로슈토 생햄을 끼운 놈도 있었지만 그는 늘 모르타델라 샌드위치였다.

"그게 젤 싸유."

더는 묻지 못했다. 그는 물도 아마 '아쿠아 푸블리카'를 마셨을 것이다. 수돗물. 그건 공짜니까.

샌드위치 한 쪽으로 점심을 때우고 그는 실습실에서 나무와 다투었다. 처음부터 끝까지 손으로, 옛 장인과 같은 방식으로 바이올린과 첼로를 깎았다. 도료도 접착제도 다 자연에서 얻은, 효율은 없지만 그런 미련한 재료와 제작 방식이 명품에 근접시킨다는 걸 그는 학교에서 배웠다. 과르네리, 스트라디바리우스가 그런 방식으로 만들어진 악기다.

이십 몇 년 전이다. 한번은 내가 많이 아팠다. 그를 찾아 구비오에 갔다. 공황장애로 혼자서 잘 수 없었다. 봄이었는데도 중부의 산악 도시 구비오는 추웠다. 가스비가 아까워 불도 때지 못하는 추운 자취방에서 그가 저녁밥을 차렸다. 어떻게 만들었는지 김치 한 종지와 달걀프라이가 놓인. 그날 밤 그는 불안 증세를 호소하는 나를 제 침대에 눕혔다. 물을 끓여서 생수병에 담아 건네주었다.

"추운디 꼭 껴안구 자유. 약 드시구유."

새벽에 식어가는 생수병 대신 그의 등에 살을 붙였다. 체온이 그리도 위안이 되는 밤이었다.

한번은 고기도 못 먹고 사는 것 같은 그를 내 방에 부른 적이 있었다. 이탈리아 녀석들 넷과 함께 쓰는 셰어하우스였다. 그 집엔 규칙이 몇 가지 있었는데 거의 에너지 절약에 관한 것이었다. 부엌엔 '이탈리아는 가스·전기가 비싸다' 같은 문구가 붙어 있었다. 이런 경고도 붙었고.

"노 브로도, 노 브라사토!(육수 만들기, 찜 금지!)"

가스가 많이 들어가는 요리법은 피하자는 거였다(자식들아, 대마초 안 피우면 그 돈으로 매일 찜을 해 먹겠구먼).

그런 집에 그를 불러 나 몰라라, 소갈비찜을 해주었다. 서너 시간 눈총을 받아가며. 이탈리아에서 소갈비는 아주 쌌다. 돈 1만 원이면 한 솥 끓이고도 남았다.

그는 학교를 무사히 졸업했다. 그는 쉼 없이 깎고 조이고 붙였다. 그가 학생 시절 만든 어느 악기에는 내 이름이 새겨져 있다고 한다. 뜨거운 물병을 내게 안겨주고 재워준 값으로, 그 막막하던 날을 견디게 해준 그에게 보탠 악기 나무 값이었다. 그런 호의를 기억하는 그의 방식이었을 것이다.

그는 고향으로 돌아갔다. 옛집을 허물고 혼자되신 어머니를 위해 맨손으로 새집을 지어드렸다. 설계도도 없이 처음부터 완공까지. 나중에 준공검사 하러 온 공무원이 진짜냐고 혀를 내둘렀다는 '자가 완성 집'이다. 마치 스트라디바리우스를 깎듯이 손으로 재고 나무를 켰다. 그게 집이 되었다. 그것도 이층집이. 어머니는 오래 살아보지도 못하고 일찍 돌아가셨다. 그는 그 후로도 20년 넘게 그 집을 지키며 산다.

그의 바이올린 작품은 거의 팔리지 않는다. 한국의 현악기 사대주의는, 굳이 말하지 않아도 그 세계에선 다 아는 일. 한국인이 만든 악기는 아무리 뛰어나도 거래가 뜸하다. 그처럼 손으로만 깎고, 최상품 재료로 만든 고급일수록 국산은 더 외면받는다. 이상한 일이지만 그러하다. 엉터리 외국 악기도 거간이 붙어서 아주 비싼 값에 매매된다.

그는 악기마다 꿋꿋하게 자기 이름을 새겨 넣는다. 배운 학교가 있는 도시 이름 '구비오'에 덧붙여서. 최상의 소리를 내는, 과르니에리와 스트라디바리우스식 악기가 그의 제작소에서 세월을 얻어간다. 그는 잘 팔리지 않는 악기를 끊임없이 만든다.

졸업 20주년 기념으로 그는 친구들의 도움을 받아 함께 '홈 커밍 여행'을 떠났다. 이탈리아의 그 학교, 공식 이름 '구비오 현악기 제작학교'로. 그를 아끼던 교장은 돌아가셨고, 담당 교수는 타 지역으로 떠났다고 했다. 그는 빈 실습실에 앉아 가만히 옛 시간을 떠올렸을 것이다.

그는 여전히 잘 산다. 공공근로 나가서 몇 푼 얻고, 시간 내어 농사도 짓는다. 한번은 그가 직접 농사지은 단호박이 집에 왔다. 식구들은 달고 맛있다는데 나는 손이 가지 않았다. 내가 그를 생각할 때마다 기억나는 건 모르타델라 샌드위치다.

그저 제일 싸기 때문에 지겹도록 먹었다는.

　2023년 가을. 나는 10년 동안 운영하던 식당을 닫았다. 짐을 정리하는데, 그가 보내준 커다란 원목 도마가 눈에 들었다. 나를 위해 제일 좋은 나무를 다듬어 깎은 커다란 도마. 세계에 오직 하나밖에 없는 도마. 나는 가만히 그 도마를 껴안았다. 마에스트로가 된 그를 기억하며.

너나없이 쓸쓸한 식욕으로
함바집을 찾았다

고등학교 때 친구 하나가 담임선생님께 불려 나갔다. 선생님은 심각한 얼굴이었다. 녀석은 교무실에서 돌아온 후 가방을 싸서 집으로 갔다. 아버지가 다쳤노라고 했다. 친구의 아버지는 경기도 남부에서 함바집을 하고 있었다. 이런저런 사업에 다 실패하고 마지막으로 던진 승부수였다. 빚을 내어 건설 현장의 식당 운영 권리를 땄다고 했다.

그 친구랑 현장에 간 적이 있었다. 고등학생이 공부는 안 하고 거길 뭐 하러 갔는지 모르겠다. 황량한 들판에 불도저 같은 중장비가 몰려와 검은 연기를 뿜으며 터 잡기 공사를 하고 있었다. 1980년대의 흔한, 택지개발 현장이었다. 그의 아버지는 봉두난발(蓬頭亂髮)을 하고 가설 식당을 지으랴, 노천에 솥 걸고 이미 들어온 인부들 밥해대랴 정신이 없었다. 아들 친구들이 갔는데도 어서 오라는 말도 못 하고 이리저리 뛰어다녔다. 나도 얼떨결에 가설 식당의 벽체가 될 '반네루(나무 패널)'에 못질을 하는 데 붙들려서 힘을 썼다.

그런 가설 식당을 '함바집'이라고 불렀다. 건설회사 현장사무소에 뒷돈을 좀 내고 적당히 영업권을 받아서 식당을 하는 일이었다. 인부들이 늘어나면 가설 식당을 뚝딱 더 지었고, 공사가 파장이 되면 그 패널, 판자때기를 훅 뜯어 다른 곳으로 가서 다시 지어 장사를 한다고 했다. 내 친구는 공사가 뜸한 겨울을 빼면 아버지 얼굴을 거의 보지 못하고 살았다. 그런 아버지가 다쳤다고 했다. 밥값을 받지 못해서 현장사무소에다 대고 크게 항의를 하다가 결국 몸싸움이 나고, 세게 치고받고 한 모양이었다.

함바집 풍경은 거칠었다. 바닥은 그냥 흙바닥이었고, 하루 일당밥 먹는 노동자들, 인부들이 좀 거칠었겠나. 그 밥을 팔아서 남겨먹어야 하는 일이 또 얼마나 강퍅했을까. 기억나는 건 식사 시간에 줄줄이 인부들이 들어와 가설 식탁에 앉아 밥을 먹는 모습이다. 고봉밥을 퍼서, 반찬 몇 가지에 찌개를 담은 스테인리스 냉면 그릇을 놓고 훌훌 먹던 그들의 표정이 떠오른다. 먼지를 뒤집어쓴 채 낡은 작업복에 너나없이 쓸쓸한 식욕으로 밥을 입속에 퍼 넣던 장면들. 나는 일을 도와주고 밥을 얻어먹었다. 돼지비계와 막두부, 대파를 잔뜩 썰어 넣고 끓인 김치찌개 맛은 아직도 혀에 삼삼하다. 냉면 그릇에 담은 그 김치찌개를 먹다가, 밥을 더 달라고 해서 때려 넣고 참기름과 무생채를 넣어 비비면 또 그렇게 꿀맛일 수가 없었다. 담배 심부름 해주면 잔돈을 가지라고 하던, 맘씨 좋은 도자(불도저 기사) 아저씨에게 배운 현장의 즉석 레시피였다.

그 가설 식당에 부엌이란 게 제대로 있을 리 만무했다. 식당 뒤편에 시설을 대충 해놓았다. 펄럭이는 천막 천으로 날아드는 먼지만 대충 막은 채 김치를 담그고 거대한 석유 버너에 국을 끓이던 아줌마들도 생각난다. 소음과 찬바람이 그대로 얼굴을 때리던 그런 황막한 현장까지 가서 밥하는 사람들의 사정이 오죽했을까 싶기도 하다.

당시에 나는 '함바'가 우리말인 줄 알았다. 밥을 뜻하는 항(飯)에 장소를 뜻하는 바(場)가 붙은 일본말 '항바(또는 한바)'가 '함바'로 굳어졌다는 건 나중에 듣게 되었다. 2010년대 들어서는 '함바 게이트'란 말이 뉴스를 시끄럽게 했다. 21대 총선 당시 인천의 아무개 의원이 함바업자에게 돈을 받은 혐의로 공직선거법 위반으로 기소되기도 했다. 판자때기 함바집이 정치권에 로비도 하는 규모로 커진 것이다.

그 사건이야 어찌 되었든, 막막한 들판에 세워진 나무 판자때기 가설 식당을 기억하는 나로서는 그게 '게이트'까지 되는 일인지 납득할 수 없었다. 하지만 1980년대의 주택 건설과 신도시급 초대형 단지를 짓는 2000년대의 함바를 비교하는 건 우스운 일이다. 건설 현장 급식 또는 건설 급식이라고 말이 바뀌었지만, 여전히 우리는 그걸 함바라고 부른다.

함바집 밥은 정말 맛있다는 중론이 있다. '노가다' 밥이니 푸짐하고 열량이 높았으며, 입 깔깔한 사람들 밥을 대충 지어서는 못 할 일이라는, 그래서 밥맛 잘 내는 선수들이 뛰는 무대라는 인식이 있었다. 도시의 일반 식당에도 함바 출신이라는 아주머니 요리사들이 환영받는다. 맛 제대로 낼 줄 아는 기술자 대우를 받는 셈이다. 그러나 건설 급식으로 말이 바뀌면서 아마도 그런 평판은 잃어버린 듯하다. 단가 맞춰 대형 기계로 밥을 짓고, 밥맛 없기로 유명한 대기업 급식 계열사도 진출해서 한다는데 무슨 맛이 있겠는가. 우리나라 단체 급식 규모는 대충 20조 원쯤 되고 건설 급식 규모는 2조 원 가까이 되는 모양이다. 큰 시장이다. 그러니 게이트도 생기고 그러는 것이겠지.

함바집이 따라붙을 정도면 옛날에도 현장이 어느 정도 크기는 되어야 했다. 대도시에서 연립이나 다세대 몇 개 짓고, 10층짜리 빌딩 하나 짓는 데는 함바도 없었다. 공간을 우선 확보할 수 없었고, 식구 수가 얼마 안 되니 남는 게 없었다. 그런 작은 현장을 뛰는 인부들은, 아니 건설노동자들은 지금도 그렇지만 현장에서 가까운 식당을 수배해놓고 함바 삼아 밥을 먹는다.

내 선친은 이런저런 일을 닥치는 대로 하셨는데, 1980년대 당시 많이 생기던 독서실, 피아노 학원이나 보습 학원의 실내장식을 하는 업도 했다. 실내장식이라고 해서 요즘처럼 미려한(?) 장식을 하고 꾸미는 건 아니었고 기능적으로 이런저런 구조물을 세우고 바닥과 칸막이를 치는 일이었다. 그냥 막일이었으며 건설 현장 일과 비슷했다. 바닥에 '공구리(콘크리트)'를 부어 양생하는 일도 하셨으니까. 그러다가 그 학원 같은 게 망하면 철거해주는 일도 같이 하게 마련이었는데 나도 종종 아르바이트 삼아 나가곤 했다.

아버지는 유리섬유(fiberglass, 석면의 대체재)가 잔뜩 들어간 방한·방음용 나무 칸막이를 쇠 연장인 '빠루(쇠지렛대)' 같은 걸로 쳐서 뜯어내고 판자와 유리를 깨고 바닥에 깔린 '모노

륜'을 걷어내곤 했다. 방진마스크 같은 건 없었고, 먼지가 자욱해서 옆 사람 얼굴도 잘 안 보이는 가운데 그 일을 했다. 그러고는 툭툭 털고 밥 먹으러 가자고 하셨다. 함바집 삼아 대놓고 가시던 서대문 통술집에 앉아 아버지는 연탄불에 돼지갈비를 구워 자꾸만 내게 밀어주셨다. 당신은 맑은 25도 진로 소주를 들이켜시면서.

아버지가 나중에 폐암으로 쓰러진 것도 아마 그 유리섬유가 큰 몫을 했을 거라고 생각한다. 폐를 작살내는, 그래서 나중에는 사용이 금지된 솜덩어리를 아버지는 예사로 만지고 자루에 쑤셔 넣고, 때로는 신축 학원에 목장갑 낀 손으로 새 유리섬유를 뜯어서 시공하기도 했으니까.

선친은 속수무책으로 돌아가셨다. 폐암이 깊어 다른 곳으로 이미 크게 전이된 상태로 발견되었으니. 드라마에서 의사들이 침통한 표정으로 보호자에게 발병 사실을 알리는 건 사실과 많이 다르다. 그들은 냉정하고 무심하게 전달한다. 매일 죽음을 목도하는 의사들이니 이해한다. 우리의 의사도 그랬다. 그 장면은 오랫동안 트라우마로 남아 있다.

살아생전 몇 가지 기억나는 장면이 있다. 어머니는 늘 일을 하시니, 새벽같이 나가셨다. 아침은 아버지가 차려 드셔야 했다. 어머니가 뭘 준비해놓지 않고 나간 날 아침에는 손수 음식을 만드시기도 했다. 두부를 꺼내고 간장과 다진 마늘에 파를 넣고 두부조림을 하시곤 했다. 술을 퍼마시고 들어와 자고 있는 나를 깨워 밥을 먹이셨다. 나는 그게 참 싫어서 짜증을 냈다. 그러다 숟가락을 들면 어찌나 또 맛이 있던지. 숙취의 이부자리에 누워 맛있는 두부조림의 유혹과 불편한 겸상의 선택 사이에서 잠깐씩 고민도 했다. 아버지는 무릎이 나오고 보풀이 인 낡은 내복차림에 등을 구부리고, 가스레인지 앞에서 두부를 조렸다. 그 모습은 아버지를 기억하는 중요한 스틸처럼 남았다. 늙은 아버지의 등을 함부로 보지 마시라. 슬픈 그림을 영원히 당신에게 남기는 일이다.

솔직히 고백하자면 아버지는 우리에게 별로 대우를 못 받았다. 벌이는 적고 주사가 있었던 아버지는 말년에 참 불행했다. 아버지가 한창일(?) 때는 귀가하시기 전엔 우리 식구는 잠을 못 잤다. 한바탕 주사의 시간을 준비해야 했으니까. 나는 불안장애를 오랫동안 앓았다. 그것이 아버지 때문인지, 군대시절의 폭력 때문인지는 모르겠다.

돌아가시고 오랜 시간이 흐르고 나서야, 나는 아버지를 조금씩 이해할 수 있었던 것 같다. 그렇게 된 것은 누구나 대개 그렇듯이, 아들은 아버지를 벗어날 수 없다는 유전의 모진 힘

같은 걸 느끼고 있었달까.

함바집으로 망해버린 내 친구 아버지나 도시의 함바집에서 저녁술을 드시던 내 아버지나 다 세상에 안 계신다. 더러 남아 있는 함바집 밥도 맛이 없어졌다. 중고 패널로 얼기설기 못질해서 만들고, 바닥은 그대로 흙이어서 탁자가 기우뚱하던 그 현장의 밥이 자꾸 생각난다. 신 김치 넣고 볶아서 윤기 흐르던 제육볶음하며, 해표식용유 부어 부치던 달걀말이에 시골 된장 풀고 시금치 넣고 끓인 국이 놓인, 그 겨울 친구네 함바집의 식탁이.

형은 미움이 없는 사람 같았다

1989년도였다. 복학해서 3월의 찬 봄바람을 맞으며 교정을 어슬렁거리던 때가 있었다. 학교는 변했다. 안기부와 경찰서 정보과 형사들이 대놓고 돌아다니던 입학 전 시절과 달랐다. 민주화 바람이 불었다. 당시만 해도 복학생은 데모 같은 건 안 하는 게 일반적 정서였다. 취업 준비해야지, 뭐 그런 정도의.

매일 집회가 있었다. 아이템은 늘 넘쳤다. 학생들이 다시 모이는 새 학기니까 해야 했고, 조금 지나면 4·19였다. 그리고 5월이었다! 그다음엔 6월항쟁 기념 달! 나는 어정쩡하게 집회 대열 저 밖에서 지켜보거나 제 버릇대로 어디 낮술 마시러 막걸릿집에 들르곤 했다. 나로서는 아주 제 세상 만난 것이었는데, 툭하면 강의가 데모 때문에 취소되니 나처럼 원래 강의 안 들어가는 애들도 묻어서 출석 처리가 되는 셈이었다. 그날도 그랬다. 막걸리 마시고 학과 복도를 어정거리고 있는데 누가 큰 소리로 외치고 있었다.

"학우 여러분, 지금 수업 들을 때입니까. 문학도 좋지만 집회가 열리고 있으니 모두 참여합시다."

어둑한 복도에서 비겁한 복학생의 태도로, 슬쩍 강의실 문 뒤에 숨어서 누구지 하고 봤는데 맙소사, 만술이 형이 아닌가. 그러니까 학번도 까마득히 높은, 우리 과 조교였다. 조교가 학생들더러 수업하지 말고 데모 가라는데 안 가고 배길 재간이 없었다. 만술이 형은 그때 매일 교수들에게 깨졌다고 한다.

"조교 선생님!(야, 이 만술이 새꺄!) 학교는 강의와 연구로 이루어지는 공간입니다. 그걸 배척해서는 안 됩니다. 하물며 조교로서 만류해야 할 처지에 오히려 데모하라고 독려를 하십니까!"

대충 이런 얘기였다고 나중에 본인에게서 들었다. 교수와 대학원생의 관계를 아는 분들이라면 이게 어떤 상황인지 알 거다.

하여튼 그래서 나도 어정쩡 데모에 가게 되었다. 어어, 하다가 체포조에 잡혀 닭장버스에까지 태워졌다. 연행된 것이다. 그때 머리에 큰 충격이 오면서 눈에서 퍽! 하고 불이 튀는 걸 느꼈다.

"아이 좀만 한 것들이 데모를 해서 간만에 고참님들 고기 좀 먹고 쉬려고 했는데 말이야. 이 ××는 뭐야."

체포조가 쓰고 있던 '하이바(오토바이 헬멧처럼 생긴 방호구)'로 내 뒷머리를 내려친 것이었다. 버스에서 하차해 굴비처럼 연행자들이 2층 형사과로 끌려가는데, 나는 몇 번 쓰러졌다. 앞이 잘 안 보였기 때문이었다. 사물이 서너 개로 보였다. 뒤통수를 맞은 충격 탓이었다.

나중에 들은 얘기인데, 뇌에 충격을 받으면 시신경에도 타격이 온다. 나이 사십에 한쪽 눈이 잘 안 보여서 병원에 갔다가 녹내장과 황반변성, 망막염 같은 진단을 받게 되었다. 의사가 고개를 갸우뚱하더니 이런 말을 했다.

"혹시 머리에 큰 충격을 받은 적이 있나요? 젊은데 이렇게 노인성 질환이 한꺼번에 생기기도 쉽지 않은데……."

그랬다는 얘기다. 그때는 다 피해자였다. 만술이 형도, 나도, 우리 모두.

만술이 형은 그럭저럭 대학원을 다녔다. 그가 쓴 논문 주제는 기억하건대 설정식 같은 월북 시인에 관한 연구였다. 조교가 학부생들을 데모에 내보낸다고 혼냈을 교수들이 '올해의 대한민국 석사 논문감'이라고 했다고 한다. 잘 썼다는 뜻이다. 하지만 박사 과정을 할 형편은 안 되었다. 먹고살아야 했다. 대학원 석사 졸업장을 손에 쥐었지만 취업할 데가 만만치 않았다. 그는 대전의 D고를 나왔다. 수재들만 간다는 비평준화 시절의 그 학교. 그는 두뇌 명석하고 성실했지만 솔직히 말하자면 뭔가 똑 부러지게 보이지는 않았다. 그래서 오히려 우리 모두 그 형을 좋아했고, 안타까워했는지도 모른다.

그 형을 처음 본 건 갓 복학해서였다. 아침 일찍 학교에 들어서는데 누군가 열심히 유인물을 돌리고 있었다. 푸른색의 촌스러운 봄 점퍼, 작달막한 키에 어울리지 않는 쫄쫄이 스판 청바지를 입고 구두를 신은 모습이 지금도 선명하게 기억난다. 그 청바지 상표가 한동안 그의 별명이었다. 쪼다쉬. 그해는 학도호국단이 폐지되고 민주적인 총학생회가 부활된 때였다. 그는 총학생회장에 입후보한 동기를 돕기 위해 아침부터 유인물을 돌리고 있었던 것이다. 그의 아버지가 그랬다고 한다.
"데모 같은 건 하지 마라. 군대도 갔다 왔으니 공부 열심히 해서 취직해라."

그는 운동권도 아니었지만, 민주 총학생회를 만들려는 친구를 위해 항상 집회 맨 앞에 섰다. 그러다가 조교가 되어서도 데모를 했던 것이다.

그는 대학원 다닐 때 서울 상도터널 앞 허름한 자취방에 살았다. 집 구조가 얼마나 웃기냐면, 방으로 들어가려면 담벼락과 주인이 사는 본채 건물 사이를 지나가야 하는데, 어깨를 틀어서 지나지 않으면 옷이 담벼락에 다 쓸릴 정도였다. 어떻게 집 구조가 그 모양인지 상상하기 어려웠다. 그래서 방값이 쌌다.

나는 종종 그를 만나러 그 집에 갔다. 화분 밑에 숨겨둔 열쇠로 문을 열고 들어가서 기다리고 있으면 수업을 마친 그가 왔다. 전화도 없던 때니까 밤까지 기다리기도 했다. 술을 마시고 밤에 귀가한 그가 깜짝 놀라면서 엄청 반가워했다. 늘 그랬듯이.

"찬일아! 미안하다, 야."

하긴 그 형은 누구에게나 잘했다. 미움이라는 게 없는 사람 같았다. 세상은 그를 사랑하는 것 같지 않았지만.

그는 자취방에 돌아오면 묻지도 않고 소매를 걷어붙이고

부엌(이랄 것도 없는 수챗구멍 있는 시멘트 바닥)에 쪼그리고 앉아서 도마질을 했다. 마늘을 다지고 파를 썰었다. 고등학교 때부터 자취를 했으니 기막히게 기술이 좋았다. 집 옆 슈퍼에 가서 외상으로 꽁치 통조림을 가지고 와서 찌개를 끓였다. 내가 제일 좋아하는 통조림 꽁치찌개. 뭐 넣은 것도 없는 만술이 형표 찌그러진 양은 냄비 찌개. 소주 몇 병을 마시고 그 방에서 잤다. 아침에 일어나면 다시 밥상이 차려져 있었다.

그 형이 결혼을 해서 모두들 너무 좋아했다. 흑석동 어느 골목 구석의 신혼집. 전봇대를 돌고 세탁소와 지물포와 분식집을 지나면 나오는 골목, 그 안에 어스름한 가로등 하나 켜져 있던 다세대 한 칸이었을 거다. 그 신혼집에 몰려가서 술추렴을 하고 "이제 갈 시간이야" 하면서도 소주를 몇 번 더 사러 갔다 오면 그는 허허, 웃었는데 형수의 표정은 불안했다. 우리 중 몇 명은 쓰러져 그 신혼 단칸방에서 같이 잤다. 그날 밤 형수가 울었다고 한다.

2003년도인가. 내가 처음 식당 주방장이 되었을 때 그가 기어이 왔다. 언제 적 옷인지 모를 양복을 입고 있었다. 입에도 안 맞는 '두 가지 치즈로 맛을 낸 피에몬테 스타일의 셰프 컬렉션 크림스파게티'와 와인을 주문했다. 홀에서 '후룩후룩!'

하는 커다란 소리를 내면서 중년의 만술이 형이 크림스파게
티를 먹었다. '아이고, 소리 좀 내지 말지' 하면서 이 속 좁은
후배의 가슴이 좁아붙었다. 생각해보면, 그게 제일 형에게 미
안하다. 스파게티 먹는다고 소리 좀 내면 어때. 서울이 이탈
리아도 아니고 말이지. 아니, 만술이 형이라면 그래도 되지.

　그 식당은 아주 우아한 인테리어와 세련된 트렌드 세터들
이 가득한 곳이었다. 후배 식당에서 팔아줘야 한다고, 그가
무슨 돈을 들고 온 것이었을까. 아직도 그가 고개를 묻고 후
룩후룩 크림스파게티를 먹던 장면이 떠오른다. 그리고 괜히
속이 상하고 분한 것이다.

　산막리에서

　어쩌다 나는 세상을 떠돌다
　이 산골 구석에 들어와 살고 있는지
　세상의 부귀영화 모든 영광이
　서울에 있다는데 나는 어쩌자고
　공공근로 비정규직 산불감시원이 되었는지
　세상을 조금만 다르게 생각하면
　얼마든지 출세할 수 있다던 친구의 말

아직도 귓가에 빙빙 맴도는데

가슴은 산막리 골짜기 물처럼 차갑기만 하다

              -성백술,『복숭아나무를 심다』(시와에세이, 2015)

   63세 시인 성백술. 앞에서 내가 '만술이형'이라고 한 그의 본명이다. 그는 시집을 두 권 냈다. 산막리는 영동 산골짜기 그의 고향이다. 서울에서 그는 끝내 배척되거나 스스로 배척했고, 고향에 갔다. 거기서 그의 이름은 산불감시원 무전 호출부호인 '봉선화 58호'이기도 하다. 공공근로 산불감시원을 하며 농사도 조금 짓고 복숭아나무도 심고 공장에 가서 시간제 일도 하고 마을 구판장도 운영하고 그렇게 산다. 억울하게도 세상이 그를 별로 좋아하지 않는 것 같다. 하지만 우리는 그를 너무도 좋아한다. 그의 이름을 거꾸로 하면 술백성. 입에 올려서 발음하면 술 생각도 나고, 무지 보고 싶어서 울컥하기도 하는 이름.

뷔페의 시대가 가고,
친구도 갔다

친구의 전화가 더 이상 걸려오지 않았다. 우리는 두려웠다. 예감이란 틀리지 않는다. 우리는 친구의 상을 치렀다. 상가에 문상객이 많았다. 육개장과 편육에 소주를 마시며 말했다.

"좋은 사람은 먼저 데려가는 거여."

친구는 아직 어린 자식이 둘 있었다. 늦장가를 가서 둘 다 겨우 초등학생이었다. 문상객이 많아서인지 철없이 신이 났다. 어린아이 입에서 가슴 후비는 말이 나왔다.

"아빠, 친구들 다 왔다. 한잔 마셔."

"아빠, 사람 많이 왔으니까 융자 받아요."

친구네는 컴퓨터 판매 대리점을 했다. 원래 그의 아버지는 사무용 기기 대리점을 했다. 요즘 사람들은 별로 모를 휴대용 '워드프로세서'를 팔아서 돈도 벌었다. 일본 브랜드였는데, 한글을 어찌어찌 깔아서 시판하니 불티나게 팔리는 제품이었다. 믿어지지 않겠지만 당시 어지간한 자동차와 값이 맞먹었다. 막 생긴 신용판매 정책 덕을 보아서 카드나 리스로 이 물건을 샀다. 당시엔 24개월, 36개월 할부도 있었다. 나도 한 대 샀다. 친구가 이자를 전부 감해줬다. 24개월 할부인데 현금가로 '그 물건'을 들이고 나는 밤에 잠을 못 잤다. 나는 이놈으로 불멸의 역작을 쓰는 꿈을 꾸었다. 글은 워드프로세서가 아니라 머리가 쓴다는 걸 깨닫게 되는 건 금방이었지만.

지금까지 평생 내가 산 물건 중에 가장 비싼 것이었고, 제일 벅찬 놈이었다. 자판을 두들기면 지잉 징 하며 종이에 '활자'가 새겨졌다. 그전에 전동타자기가 나왔지만 그것은 어디까지나 키가 요란하게 스트로크하며 글자를 종이에 찍는 방식이었다. 워드프로세서는 달랐다. 스트로크 소리 대신 이상한 전자음을 내며 종이를 태우듯 글자를 입혀냈다. 그게 아마도 감열지 전사 방식이었던 것 같다. 요즘 쓰는 카드 영수증과 비슷한 것이었다. 그렇게 출력한 글은 카드 영수증처럼 시간이 흐르면 변색이 되고 글자가 사라졌다. 사라지는 글자처럼 워드프로세서의 시간도 빠르게 꺼졌다.

친구 아버지는 많이 당겨둔 제품을 팔지 못해서 자꾸 빚을 졌다. 본사에서 밀어내기식으로 물건을 내려보냈다고 했다. 워드프로세서는 286 컴퓨터에게 자리를 내줬다. 친구 아버지는 은퇴했고 친구는 당시 유행하던 브랜드의 컴퓨터 판매점으로 업종을 바꾸면서 살아남았다.

꽤 경기가 좋았다. 1970년대 중반에는 텔레비전 외에도 아이들이 있는 집이면 어떻게든 사주던 물건이 있다. 오트론의 탁구나 테니스 게임기였다. 텔레비전에 연결하면 게임하는 두 명은 조작기를 만져서 기다란 바로 공을 쳐 넘긴다. 동그란 공이 움직일 때마다 하얗게 잔상을 남기는 낮은 수준의 제품이었지만 엄청난 인기를 모았다.

당시엔 전자오락이란 말이 없었다. 그냥 '오락'이었다. 오락장에 설치된 게임기는 아날로그였다. 자동차 경주 게임이라면, 금속으로 모형을 만들어 페인트를 칠한 자동차가 조작자의 핸들과 연결되어 실제로 구불구불하게 만든 게임기 안의 트랙을 돌았다. 그런 형태의 오락도 우리들에게는 놀라운 세계였지만 이내 전자오락은 더 무서운 걸 보여주게 된다. 텔레비전 화면 안에서 이미지로 움직였다. 그 최초의 제품이 아마도 오트론의 탁구·테니스 게임기였다. 오트론 게임기가 없어도, 아니 전자오락장에 가지 않아도 사람들은 컴퓨터로 게임을 할 수 있다는 걸 알게 됐다. 컴퓨터로는 계산을 할 수 있었고, 원고를 작성할 수 있었으며, 수많은 공짜 게임을 할 수 있었다. 불티나게 팔렸다. 친구는 돈을 벌었다.

"컴퓨터는 여자 이름이 붙어야 잘 팔린다고. 주연이나 현주 같은 이름이 최고야."

친구가 그렇게 농담을 했다. 대기업과 경쟁하는 중소기업 브랜드가 많았는데 과연 여자 이름 붙은 회사들도 잘 팔렸다. 친구는 꿈이 있었다. 세상에서 제일 좋은 회사를 만들겠다는 것이었다. 작은 판매회사에서 대기업을 흉내 내어 직원들에게 '체력단련비'를 지급한 게 녀석이었다.

그러나 시장은 오래 버텨주지 않았다. 친구는 가정용 컴퓨터 시장의 발흥과 몰락을 다 지켜보았다. 바꾼 업종은 식재료 도매업이었다. 발 빠르게 좋은 시장으로 갈아탄 것이었다. 친구들끼리 만나서 삼겹살집에서 고기를 구우며 친구는 신이 났다.

"야, 말도 마라. 이 장사는 영업하는 게 아니라 식당 주인들이 줄을 서서 기다렸다가 사 간다. 너희들도 들어와라. 내가 하나씩 내줄게."

1990년대는 뷔페의 시대였다. 시골 국수공장이 망할 정도였다. 무슨 말이냐면, 결혼식 피로연을 죄다 새로 생긴 뷔페집에서 하니까 국수를 잘 안 먹게 됐다는 뜻이다. 피로연에 한 그릇씩 나오던 잔치국수 대신 사람들은 수입 갈비찜과 초밥이 차려진 뷔페를 먹었다.

"시골 읍 정도만 돼도 다 뷔페가 생겨. 애들 돌잔치도, 결혼식도 다 뷔페집에서 한다."

친구는 냉장차를 두 대나 사서 전국으로 배달을 다녔다. 그때가 아마도 인구의 정점이었던 것 같다. 사람들이 때가 되면 결혼을 하고, 아이를 낳아 돌잔치를 하고, 환갑과 칠순이 되면 일가를 모셔서 뷔페 잔치를 했다. 모두모두 즐겁게 살던 시대였다. 그런 대량소비 시대를 받쳐준 건 수입 고기와 수산물이었다. 미국·호주에서는 소고기가, 동남아에서는 수산물이 쏟아져 들어왔다.

그렇게 잘 사는 줄 알았던 친구에게서 돈 꿔달라는 전화가 왔다.

소주잔을 놓고 친구는 한숨을 쉬었다.

"요샌 배달차 몰고 배달 대신 돈 받으러 다닌다. 물건 받아간 뷔페 사장들이 다 잠수를 탔어. 곧 나아질 테니 좀 빌려줘."

몇 억씩 여러 건을 물렸다고 했다. 뷔페는 싼 재료를 대량
으로 사서 쓴다. 이윤은 박한데 금액은 크다. 한두 곳의 거래
처만 망해도 충격이 크다. 음식 시장은 서로 물리고 물려 있
다. 작은 전문 재료상-유통 재료상-식당의 구조인데 한 군데
가 망하면 연쇄적으로 부도 위기에 몰린다. 뷔페 전문인 친구
는 시대의 끝물을 탔다. 더 이상 사람들이 뷔페를 가지 않는
다. 결혼식도, 돌잔치도, 환갑잔치도 열리지 않는다. 결혼식
장은 망하고, 뷔페도 망한다.

"이 장사는 모질어야 해. 망할 거 같으면 물건을 대지 말아
야 그나마 피해를 줄일 수 있는데 그게 안 된다."

망할 듯한 가게가 진짜 망해버리면 그나마 미수금을 받을
희망이 완전히 사라지게 된다. 친구는 그것보다 망해가는 뷔
페집 사장이 불쌍해서 참을 수 없노라고 했다. 그렇게 좋지
않은 상황에 말려들어 갔다.

"돈 받으러 갔더니 뷔페 사장 얼굴이 흙빛이야. 자기가 조
리복 입고 잡채 무치고 있더라. 그러니 물건을 안 댈 수가 없
더라고. 망하지 말라고 다시 물건을 대는 거지."

미수금은 눈덩이처럼 불어났다. 이 바닥에서도 사람 좋으
면 꼴찌가 되는 법이다. 집도 차압당했다. 친구가 마지막으로
우리들, 그러니까 오랜 친구들에게 돈 빌려달라고 전화한 것

은 직원들에게 월급을 주기 위해서였다. 회사가 망하는 판에 그는 있는 돈 없는 돈 다 끌어다가 거래처 빚을 갚았다. 그러고는 주변 친구들에게 돈을 빌려서 마지막으로 직원 월급을 주려고 했다. 상가에서 만난 동창은 혀를 찼다.

"자기 사업 망하는데 직원 월급 걱정하는 인간은 처음 봤다."

상가는 북적였다. 마치 호상 같았다. 바보 같은 친구가 뿌린 씨앗이었다. 오죽하면 절하며 통곡하는 사람이 전직 직원들이었다. 사람 좋으면 꼴찌가 아니라 첫째다. 저승에 제일 먼저 간다고 누가 혀를 찼다.

돌아서는데 부인이 울면서 우리에게 한 장씩 봉투를 주었다. 지방에서 종종 보듯, 답례 교통비 봉투인가 했다. 삼우제에 친구들이 다시 모였다. 큰돈을 친구에게 빌려준 녀석들이었다. 답례 교통비 봉투에는 친구의 사과 편지가 들어 있었다. 여덟 장의 편지를 모아 삼우제를 한 사찰 마당에서 태웠다. 친구의 마지막 밤은 그 편지를 쓰는 시간이었다. 광풍 같았던 뷔페의 시대는 흘러갔고 친구도 갔다.

2

차마 삼키기 어려운 것들

어차피 아무도 안 믿을 이야기

두괄식으로 써야 한다, 이런 설화는. 어차피 아무도 안 믿을 테니까. 군산 앞바다 '쩨보선창(죽성포)'에 항공모함이 들어온다면 믿어도 이 말을 누가 믿겠는가.

"그러니까, 지금까지 그 각시를 기다리고 있는 건가요?"
"그런 것이제."
"그럼 각시가 돌아온다면 이 가게를 돌려준다는 말씀인가요?"
"그런 것이제."
"장사는 아주머니가 지금까지 하셨잖아요. 권리관계를 따져볼 때 가게를 넘겨줘야 할 의무가 있을까 모르겠습니다만."

"오면 줘야제."

그리고 끝이다. 마치 가게를 잠시 맡게 된 40년 전 어느 날 같은 표정과 말투다. '홍집' 아주머니의 태연한 대꾸에 나는 할 말을 잃고 막걸리 잔을 들었다.

술을 마시면 안주를 내주는 오래된 술집의 관행이 뒤늦게 젊은이들 사이에서 화제다. 유튜브나 인터넷 커뮤니티에서 인기를 끈다. 통영의 '다찌', 마산의 통술, 진주의 실비 같은 곳이다. 대원칙은 이렇다. 술을 마시면 안주를 준다. 술 주문이 거듭되면 또 안주를 내준다. 더 줄 게 없으면 과일을 깎아 낸다. '더 없으니 술자리를 마치시오'라는 신호다. 요즘은 관광객이 몰리고 인건비며 재료비가 올라서 상에 미리 값을 매겨두는 방식으로 바뀌고 있다. 그래도 여전히 실비집에는 술 주문을 '카운트'하고 안주를 내는 옛 방식이 살아 있다.

이제부터 이야기하려는 군산의 홍집도 그중 하나다. 군산 시내에 가면 신영시장이라고 있다. 지방 도시는 어디든 한잔하고 싶으면 여러 고려를 할 필요가 없다. 그냥 중앙시장으로 가면 해결된다. 거기에 국밥도 안주도 다 있다. 군산에도 중앙시장이 있는데, 원래 술집들이 몰려 있던 째보선창에 붙어

있는 시장은 중앙시장이 아니라 신영시장이다. 그 아래에는 공설시장도 있다. 나야 외지인이니 시장의 연혁은 모르고, 째보선창에 가서 아직도 남아 있는 몇몇 생선 파는 가게를 걸터듣거나 아니면 신영시장 홍집으로 간다. 아주머니는 오면 오나 보다, 가면 가나 보다 하시지 표 나게 반색하는 법이 없다. 몇 번 와서 얼굴이 익으면 살짝 웃는다. 또 와서 반갑기는 한 표정인데 금세 얼굴이 어두워진다.

"줄 것이 없어서. 날 더울 때 오면 더 없어. 바다에 뭐 없어서 그래. 추울 때 오면 먹을 게 있긴 한데."

홍집 안주는 주는 듯 마는 듯 툭툭 나온다. 생선이 물릴라치면 고기가 나오고 달걀말이로 기름진 맛을 보고 나면 선어가 담백하게 나온다. 홍어회로 톡 쏜 뒤엔 반듯한 회가 석 점 지나가는데 그다음은 소라와 처음 보는 노랑조개 한 접시다. 다시 얼큰한 것이 아쉬울 즈음엔 '자랭이'라고 하는 병어 새끼나 싱싱한 고등어가 조려 나오고 철에 따라 준치회도 식탁에 오른다. 박대구이는 노상 빠지지 않으며 간재미찌개와 묵은지로 밥 생각나게 했다가 오징어전, 부추전 그리고 다시 병어회를 꼬숩게 썰어 낸다. 그러면서도 항상 뭐 없다 하신다. 어제 연속극 보느라 공부 하나도 못 했다는 전교 일등 같은 소리라는 걸 나중에서야 알았다. 이 아짐의 입에서 "차린 게 많아서 오늘은 아주 좋소" 하는 말이 나올 리가 없는 것이다.

가게를 마감할 즈음엔 아저씨가 오신다. 칠순 부부인데 여전히 정정하다. 아저씨는 인근에서 '국제이용원'을 운영하는 이발사다. 조금 일찍 가서 그 집에서 머리를 깎고, 홍집에서 '차린 거 없는' 상을 받으면 된다. 그려 넣은 매화 두 송이가 핀 홍집의 여닫이문을 드르륵 열고 들어가 인사를 건넨 뒤엔 입구에 나란히 놓인 아이스박스를 열어 시린 얼음더미에서 잘 '칠링'된 술을 집어 드는 게 순서다.

이 집은 실비집이지만 관례대로 병 수에 맞춰 돈을 받는가 하면 꼭 그런 것도 아니다. 원래 다찌니 실비니 하는 집들이 타산을 맞추려면 인원수 넷을 기준으로 값을 받아야 한다. 그래야 한 상 차리는 수고에 맞게 술을 마실 것이기 때문이다. 홍집은 그런 것도 없다. 두 명이 가도 받아주되 안쓰러운 소리를 듣는 게 고작이다. 차린 게 없다지만 두 명이 다 먹기에 힘들지 않을까 하는. 게다가 술 마시는 속도며 뱃구레 봐가면서 아짐이 차린 안주를 맛보고 가게를 나갈 때는 늘 기대(?)에 못 미치는 청구서를 받게 된다.

"이렇게 받아서 장사하시겠어요?"

"별 게 없어서 미안하구먼."

홍집은 '업력' 40년이 넘었다. 찌개 냄비를 받다가, 회를 집어 먹다가 아짐이 가게를 하게 된 이야기를 한마디씩 얻어들었다. 믿어지지 않는 이야기의 압축은 이렇다.

아짐은 원래 이 시장 한구석에서 작은 잡화점을 하고 있었는데, 옆에서 술집 하던 어느 각시가 친정 상을 당해서 급히 대전엘 가게 됐다. 대신 그 술집을 맡아주었는데, 기왕 맡은 가게이니 성심껏 운영했다. 초상 기간이 끝나고 삼우제가 지나도 각시는 돌아오지 않았다. 한 해가 가고 두 해가 갔다. 오겠지, 오겠지 하던 사이에 광주항쟁이 나고 전두환이 집권하고 전두환 친구 노태우가 범죄와의 전쟁을 선포했다. 3당 합당을 해서 김영삼이 하나회를 자르고 그러다가 IMF 외환위기를 겪고 김대중이 대통령 하고 월드컵도 하고 나중에는 윤석열이 대통령이 됐다. 각시는 오지 않았다.

"가게는 한 번 옮겼제."

상호도 없던 무허가 가게였는데, 세무서에 등록을 해야 해서 가게 이름을 뭘로 지을까 고민하다 '홍집'이 되었다. 여기서 또 독주를 마신 듯 전기가 쩌르르 온다.

"각시 남자 성이 홍씨여."

언젠가 각시가 자기 가게를 찾아서 올지도 모른다.

"각시 기다리다가 40년이 넘었네. 넘의 가게를 맡았으니

비우지도 못하고 지키다가 늙어버렸어⋯⋯. 가게는 한 번 옮겨서 이 자리는 내 것이니 줄 수 없을 거고. '홍집'이란 이름은 줘야제."

이 가게에서는 어떤 단골도 열렬한 환대를 받지 못한다. 아마도 평생 '넘'의 가게를 맡아서 하는 것이라 그랬을까.

기묘한 이야기는 여기서 끝이다.

안주도 기묘하게 맛있다. 차라리 '홍집'의 내력이 아짐의 농담이면 좋겠다 생각했다. 우리는 이런 이야기를 믿을 시대를 살고 있지 않기 때문이다.

이 가게는 언론에 내가 글을 쓴 후 유튜브에 여러 번 나왔다. 화제를 찾아 헤매는 유튜버들이 이 가게의 이야기를 가만둘 리 있겠는가.
"그걸 진짜 믿었어?"
아짐이 이렇게 되물을까 봐 홍집 내력이 진짜냐고 자꾸 재촉을 못 했다. 이번에 가서 해볼 작정이다. 여러분이 먼저 가서 물어보셔도 된다. 유튜브에 나온 후 미어터진다고 한다. 가능하면 넷이 미리 짝을 맞추고, 예약을 하시라. 벼락출세를 하는 가게들이 변심하는 걸 많이 봤다. 초심을 잃는 거다. 홍집은 초심이 없는 집이라 안 변할 거다. 하고 싶은 걸 한 게 아니니까 초심 따위가 있을 리가.

성게 함부로 못 먹겠다,
숨비 소리 들려서

　개업한 후배 술집에 갔더니 안주 하나를 슬쩍 내놓았다. 성게다. 속초 어딘가에서 해녀가 땄다고 한다. 나는 성게를 그다지 좋아하지 않는다. 옆자리 친구가 다 먹었다.

　"살살 녹는다, 야."

　일식집 요리사들은 성게 구하느라 다른 의미에서 녹는다. 국산 성게가 모자라기도 하고, 초밥 쥐기에 적당하지 않은 모양이 많아서 수입도 꽤 쓴다. 저 추운 홋카이도 성게를 최고로 치는 요리사도 있다. 이른바 '헤비급 오마카세'라는 게 있다. 값도 비싸고 온갖 진미를 실력껏 내는 집을 말하는데, 이런 집일수록 계절 불문하고 성게가 빠지면 안 된다. 성게는 말하자면, 한국 고급 미식의 최고급 재료라 할 수 있다. 내가 시칠리아 앞바다에서 일할 때 해변에 깔린 놈들을 우연히 발견했다. 이런 횡재가! 열심히 줍자 주인이 일갈했다.

"그거 까다가는 다른 일 못 한다. 버려라."

성게알은 알이면서 알이 아니다. 성게알이라고 불러도 되지만, 그 말은 틀리기도 하다. 성게의 생식소인데, 암놈이 알을 배면 또 생식소가 알 그 자체다. 그러니 성게알이 틀린 말이네 어쩌네 할 필요도 없다. 성게알이기도 하고 아니기도 하니까. 생각해보면, 성게는 무서운 번식 의지가 있는 생물이다. 물고기처럼 헤엄도 못 치지, 빨리 움직일 수도 없지, 그러니 알을 잔뜩 품기로 작정한 것 같다. 오냐, 날 잡아먹어라. 대신 많이 낳으리라. 이런 걸 진화라고 하는 것인지. 그래서 보라성게 같은 놈들이 많으면 바다 어장이 황폐화되는 징후라고도 본다. 먹이인 해조를 다 먹어치워 놈들만 남은 셈이니까. 성게를 먹어치우는 다른 개체 수가 줄어드니까 성게만 살판 난다.

성게알 작업은 심한 노동이다. 잡을 때는 좋은데 시름은 그때부터다. 성게가 많다(좋다)-잡자니 좋다-까자니 허리 부러진다(싫다)-팔면 값이 높다(좋다). 이 과정을 반복하는 게 성게 작업이다. 성게를 해체할 때는 칼로 중간을 푹 찔러 배를 가른다. 두 쪽으로 벌어진 성게 몸통에서 알을 조심스레 찻숟 가락 같은 도구로 퍼낸다. 그게 다가 아니다. 성게도 생물이 라 내장이 있다. 검고 쓸모없는 내장이며 막을 핀셋으로 집어 내야 한다. 수백 마리를 까봐야 500그램 한 통 채우기도 힘들 다. 해녀들이 일단 제일 싫어하는 작업이 성게다. 멍게며, 소 라며, 전복은 따서 달면(무게를 단다는 뜻인데, 해녀들이 즐겨 쓰는 용어) 그만인데 성게는 뒷작업이 많다. 허리를 부러뜨리는 일이다.

그렇게 작업장에서 허리를 구부리고 해녀가 작업하는 모습 을 보고 나면 그 보드랍고 고운 성게가 목에서 걸린다. '모르 는 게 약'이라는 말이 여기서 나온 듯하다. 성게 작업을 하고, 밭일도 한다. 가사일도 물론이다. 그래도 허리가 휜 해녀는 없 다. 바다에서 고된 노동을 할 때 일종의 운동효과가 있다는 것 이다. 그나마 다행인 걸까.

말똥성게는 가을에 해변에 가서 줍는다. 잡는다기보다 그 냥 줍는다. 말똥성게는 바닷가 가까이에 붙기 때문이다. 말똥 성게 줍는 건 어촌계의 몫이고, 해녀의 일이다. 마을 해녀들 이 다 나와서 일하는데, 이때는 실력이 남만 못한 하군 해녀 들, 허리 아파 쉬던 해녀들, 심지어 인지장애가 온 노인 해녀들도 작업에 나온다. 그저 허리를 굽혀 줍기만 하면 수확할 수 있는 일이기 때문이다. 해녀들의 동지애는 무섭다. 평소 수입이 없던 해녀들에게 기꺼이 일을 주려는 거다. 이래서 또 누군가는 말똥성게를 막 못 먹는다. 그 뜨거운 마음이 걸려서 그럴 것이다.

해녀는 상군-중군-하군으로 대충 나눈다. 실력 순이다. 군대 계급처럼 이마에 붙이는 것은 아니어도 대충 그렇게 알고들 산다. 하군은 위로 올라가려고 기를 쓴다. 명예도 그렇지만 수입이 나아진다. 저 바다 몇 발 길이만 더 나아가도 사는 어종이 다르고 크기가 다르다. 상군의 실력으로 따면 씨알이 굵다. 숨이 안 되고 훈련이 모자라면 못 나간다. 맨숨으로 버텨야 하므로 흔히들 '삶과 죽음이 한 팔 길이로 달라진다'고 한다. 무리하면 큰일 난다.

언젠가 경상도 해안에서 팔자 좋은 바다 구경꾼이 되었다. 바다 보기에 좋은 곳이 우리나라 해안엔 널렸다. 구경하다가 배가 고프면 걱정을 마라. '북경'의 짜장면과 브랜드 통닭도 배달된다. 심지어 쟁반에 고이 받쳐서 커피며 율무차도 배달된다. 멀리서 해녀들이 작업을 한다. 오래 그 장면을 보다 보면 괴이한 소리를 듣게 된다. 제주 해녀들은 휘파람 불듯 '호

오이 호이~' 하고 들린다고 하는데, 경상도 해안에서는 그렇게 들리지 않았다.

"아아아! 으어어어, 어흐."

내 귀에 들린 소리를 옮겨본 것이다. 처음엔 비명 소리인 줄 알았다. 어딘가 크게 다쳐서 고통스러운 신음을 내뱉는 것처럼 들렸다. 심장이 덜컥 내려앉았다. 다행히 이내 해녀가 참았던 숨을 터뜨리는 소리였다는 걸 알았다. 숨을 골라야 다시 자맥질을 해서 해산물을 따러 갈 수 있다. 해녀가 깊이, 고개를 젖히면서 숨을 들이마신다. 삶을 허파에 채우고 다시 들어간다. 나는 잠시 얼치기 시인이 되어 이렇게 썼다.

숨비 소리,
살아서 다행이라는 소리
억장 안속에서 나는 소리
먹고사는 일이 엄중하다고 꾸짖는 소리
숨비 소리는 살아 있다는 소리
다시 바닷속으로 살러 가는 소리, 억척으로 나는 소리

내 밑의 동생뻘은 못 봤다. 해녀는 이제 최하가 예순 줄이다. 보통 예순 중후반, 칠십 초반이 제일 많다. 아마도 해녀

이제 사라질 것이다. 바다 보던 날, 어느 해녀가 장비를 챙겨 입수하면서 새참으로 고른 건 토마토 한 알이었다. 빨간 토마토 한 알. 작업하는데 그 토마토가 둥둥 떠 있었다. 그것도 끝내 못 먹고 망사리(수확물 넣는 그물)랑 같이 들고 나오더라.

　옛날 적삼 입고 추울 때 일할라치면 다들 탈진하고 얼어서 쓰러지곤 했다. 그때 늙은 해녀들이 장작을 피우고 국수를 끓였다. 미역 풀어 반죽 썰어 끓인 국수다. 그걸 깔때기국수라고 한다. 입맛 깔깔할 때 끓여 먹던 거라 그리 불렀다고 하고, 입에 깔때기처럼 밀어 넣고 또 일하러 간다 해서 그리 불렀다고도 한다. 깔때기라니. 살자니 먹어야 한다는 연료 같은 이름. 나도 한 젓가락 먹어본 적이 있다. 세상에, 맛이 없었다. 그저 칼로리와 에너지와 염분으로 만든, 일종의 전투식량 같은. 바다 일은 전투니까, 수긍이 가는 맛이었달까.
　해녀가 고무 옷을 입고 작업하는 건 어느 영상에선가 많이들 보았을 테다. 막 일을 마치고 옷을 갈아입은 해녀를 본 것은 우연한 일이었다. 말갛게 얼굴 씻고 앉아 있는 할매 해녀를 보니, 사람 사는 일이 얼마나 막막한지 느끼게 된다. 마지막 숨까지 뽑아서 바다에 던져 넣고 와서 사람이 반쯤 쪼그라든 것처럼 보인다.

아직 마르지 않은 머리카락을 털며 할매 해녀가 집에 찾아든 손님에게 밥상을 차린다. 그만두시라고 만류해도 주섬주섬, 어머니들이 그렇듯 뚝딱 밥상이 놓인다. '천초'라고 부르는 해조 무침이 맛있어서 기억해두었는데, 나중에 누구에게 이 말을 듣고 지워버리고 말았다.

"그 천초라는 게 바다에 무성하게 자라면 작업하는 해녀 발을 붙들고 놔주지 않는다 합니다. 저 검은 바닷속은 순간에 생사가 갈립니다. 그래서 하늘 천(天) 풀 초(草)라고 하는 이도 있어요. 하늘에 갈 수도 있기 때문이라나요. 바다 밑은 용궁이고, 저 위는 하늘입니다. 어쨌든 그 위험한 천초를 싫어하는 해녀가 많습니다……."

요리사를 위한 요리,
스파게티 알라 '기레빠시'

오늘 저녁 횟집에서 아주 탱탱한 새우를 맛봤다고 치자. 우리는 그걸 누가 손질했는지 굳이 알려고 하지 않을 것이다. 그저 음식의 품질을 칭찬하는 걸로 충분하다. 요리사가 얼음물에 손가락을 넣느라 발갛게 '유사 동상'에 걸리기도 한다는 것까지 우리가 챙길 수는 없다. 모르고 넘어간다.

언젠가 부산의 해물탕 식당을 취재한 적이 있다. 그 집 주방장 겸 부주방장 겸 설거지 겸 회계 담당(혼자서 일하는 사장님이니까)의 손은 늘 빨갰다. 해산물을 싱싱하게 손질하기 위한 그의 노하우 때문이었다.

"해물은 얼음물에 담가가 까뿌야 좋아요. 새우고 오징어고.

그기 이 집 비결이지예."

주방마다 손질 매뉴얼이 있다. 손이 얼도록 차가운 물에서 해물을 손질하라고 매뉴얼에 쓰여 있진 않았을 것이다. 하지만 더 나은 품질을 위해서 얼음물에 손을 넣기도 한다. 나도 월급쟁이로 일할 때는 얼추 차가운 물에 넣어서 해물을 손질했다. 잠시 사장으로 일할 때는 엄청 차가운 물을 썼다. 얼음과 찬물을 반씩 배합해서 손을 넣으면 30초도 견디기 어려웠다. 대신 해물은 더 싱싱해졌다. 사장은 치사해지는 법이다.

숯 피우는 그릴 일도 오래 해봤다. 왠지 그릴이라 하면 거창하고, 고기 굽는 불판이라 하면 저렴해 보이는 게 이 바닥이다. 차콜그릴에 구우면 10만 원, 숯불판에 구우면 5만 원이다. 어쨌든 양식당에선 그릴, 한식당에선 불판이다. 숯을 쓰면 당연히 고기가 더 맛있다. 하지만 필연적으로 굽는 이의 폐는 공격받는다.

일 마치고 요리복을 벗어보면 목 칼라 안쪽이 거뭇거뭇하다. 씻을 때 코를 풀면 시커멓다. 손님은 어쩌다 고깃집에서 두어 시간 숯을 대하지만, 그건 이미 잘 피워진 놈이라 분진이 별로 없다. 게다가 아주 질 좋은, 코끼리 코 같은 연기 흡입기가 고기에서 뿜는 기름까지 삭삭 빨아들인다.

하지만 저 부엌 뒤에서 피우는 숯은 생숯이고, 탁탁 소리를 내면서 숯이 몸서리를 칠 때마다 검은 분진이 일어난다. 어느 돈 많은 고깃집에서 가게 좁은 구석에 옹색하게 설치한 숯판 위에 위력적인 배출기를 설치하겠나.

숯판에서 일하는 후배에게 내가 한 말은 고작 이랬다. 무책임한 말이었다.

"얼른 돈 벌어서 그거 때려치워라."

언젠간 노동조건을 바꾸기 위해 산업안전보건공단 같은 곳에 진정을 넣든가, 아니면 사장을 고발하든가 할 수 있을지 몰라도 당장은 숯에서, 프라이팬에서, 튀김기에서 피어오르는 분진과 유증기를 막을 수는 없는 것 같다. 요리사가 폐에 병이 생겨서 첫 산재 인정을 받은 게 2022년인가 그랬다. 그것도 공공의 단체 급식 조리원이라 그나마 가능했을 것이다.

대한민국에 영세한 식당만 12만 개다. 그런 식당 요리사가 유증기와 숯불 때문에 폐에 병이 생겼다고 산재 판정을 기대하는 건 요원한 일이다.

종종 점심 약속을 할 때 제일 난감하다. 낮 12시에는 위가 음식을 거부한다. 요리사들은 손님들 식사 시간에 요리한다. 당연히 식사 시간이 다르다. 오랜 변화로 내 위는 낮 12시에 음식을 받아들이지 못한다. 낮 3시, 밤 10시. 두 끼를 먹는다면 그렇다. 아마 많은 요리사들이 그럴 것이다.

요리사들은 무얼 먹는지 궁금해하는 사람이 많다. 어디까지나 내가 겪거나 들은 사연이라는 걸 염두에 두고 들어주시라. 식당 밥이 제일 맛없는 곳은 호텔이다. 응? 제일 맛있어야 할 것 같지 않나. 천만에. 호텔은 재료 관리나 근무 관리가 아주 깐깐하다. 주방에서 남는 재료를 쓱 꺼내 (테스트한다는 명목으로) 구워서 끼니를 때우는 건 불가능하다.

호텔마다 사정이 다르겠지만, 메뉴 개발은 주방장 결재 아래 필요한 재료를 들이고 날짜를 맞춰 진행한다. 아무 때나 재료를 굽고 지지고 회 뜨고 하기 어렵다. 파는 음식은 미리 먹어봐야 하니, 먹긴 하지만 '밥을 이걸로 대신하는 거요' 하는 건 안 된다. 요리사들도 식사 시간이 되면, 우르르 구내식당에 몰려가 외주를 준 대기업 계열 급식회사에서 운영하는 그렇고 그런 메뉴를 받아먹는다. 이른바 '짬밥'이다.

트러플 소스와 영양 송이구이를 곁들인 최고 등급의 한우 안심스테이크를 만들기 위해 요리사가 점심에 먹은 건 공장 간장과 설탕에 절인 오스트레일리아산 불고기와 된장국이다. 호텔 요리사들이 그래서 '일반집'(그들은 호텔 밖의 식당을 모두 그렇게 부른다. 더러는 로드숍이라고도 한다)을 부러워할 때도 있다. 맘대로 요리를 해서 먹을 수 있으니까.

그러나 꼭 그렇지도 않다. 피자집에서 일하던 내 후배는 피자라면 아주 질색을 한다. 피자 반죽은 대개 남게 마련이라서 하루 한 끼는 그 반죽에 이런저런 토핑을 얹은 피자를 구워 식사를 대신했다. 이게 강요인지, 자발적 선택인지 모호하다. 누군가 이걸로 강요죄를 물어 고소를 하면 아주 재미있겠다. 세상 물정 모르는 재판관이 이럴지도 모른다.

"매일 피자를 준다는데 왜 싫어요?"

파스타를 많이 파는 집은 보통 면을 삶아둔다(요새는 안 그런 집도 많다). 그런 면으로 '알 덴테(al dente, 면이 씹는 맛이 날 정도로 살짝 덜 익은 상태)'라고 뻥을 치기도 했다. 어쨌든 남은 면은 대개 버리는데 이걸로 꼭 밥을 먹는 집도 있다. 피자집과 비슷한 이유다. 버리기 아까우니, 연습도 하는 김에 끼니도 때우자, 이런 거다.

이탈리아 파스타는 이탈리아어로 표기되는 경우가 많다. 예를 들어 바지락을 썼다면 스파게티 알레 봉골레, 볼로냐식이라고 하면 알라 볼로네제, 이런 식이다. 알라(alla)란 무슨 무슨 식이란 뜻의 이탈리아식 메뉴 작명 관습이다. 많이 보셨을 것이다.

그렇다면 한국의 파스타집이나 이탈리아 식당에서 남은

자투리로 만들어 먹는 파스타를 뭐라고 부를까. 스파게티 알라 '기레빠시'다. 기레빠시란 일본어에서 온 말이다. 줄여서 '빠시'라고도 한다. 한국의 기술 작업장에는 여전히 일본어 잔재가 남아 있다. 자르고 남은 자투리 재료를 일본어로 '기레하시(きれはし)'라고 하는데 여기서 온 말인 듯하다.

파스타는 어떤 재료든 수용하는 특성이 있다. 정말 별 게 다 들어간다. 파스타집만 파스타를 해 먹는 게 아니다. 한식집도 일식집도 중국집도 직원 식사로 해 먹는다. 그 집 사정에 맞는 재료가 들어간다. 우리가 볼 수 있는 모든 소스, 그러니까 마요네즈와 케첩과 멸치젓과 간장과 쯔유와 고추장과 춘장에 김치가 들어가며 배추와 감자와 당근과 마늘과 대파와 청경채에 고수와 사과와 복숭아(?)도 들어갈 수 있다. 고기는 무엇이든 대환영이다. 팔다 남은 삼겹살과 햄과 소시지들, 닭 껍질과 상태가 별로인 닭튀김과 어디서 굴러다니던 손질된 자투리 고기들이 다 파스타 재료가 된다. 파스타는 백지다. 넣어서 그리면 맛을 낸다.

기레빠시 파스타는 위트 있지만 요리사의 근무 상황을 풍자한다. Spaghetti Alla Kirepassi. 써놓고 보니, 아주 근사한 아랍풍 건물에 들어 있는 시칠리아 식당의 메뉴 같다. 하기야, 그런 식당에서도 요리사들은 '빠시'로 만든 스파게티를 먹는다. 이건 틀림없다. 미슐랭 3스타짜리 식당도 거기서 거기다. 절대로 거위 간 소스의 스테이크를 먹을 수는 없다.

무언가를 입에 대지
못하게 되는 일

외할머니는 평생 닭고기를 드시지 않았다. 평생은 아니고, 인생의 어떤 시점 이후라고 해야겠다. 외할머니는 부잣집 딸이었다. 유복한 친정에서는 고기반찬 먹는 일이 어렵지 않았으나, 시집의 살림은 짠 고등어자반도 쉽게 올리지 못하는 형편이었다. 외할머니는 늘 거친 밥과 찬에 힘들어하셨을 테다. 그러다 아기를 가졌다. 임신은 놀라운 식욕을 모체에 요구한다. 먹어야 나도 산다, 엄마야.

어느 날, 외할머니가 아궁이 앞에서 밥을 짓느라 불을 때고 있을 때였다. 우연히 어미를 잃고 방황하던 중병아리 한 마리가 부엌으로 들어왔다지. 당신은 그 녀석을 목격하자마자 아무 생각도 하지 못했다고 한다. 외할머니가 힘겹게 털어놓은 그날의 술회를 그의 딸은 이렇게 전했다.

"당신도 모르게 병아리를 작대기로 몰아 아궁이 불구덩이 속으로 휙 밀어 넣다시피 하셨다더구나. 넋이 나갔다고 나중에 말씀하셨지. 누가 볼까 봐 급히 그을린 병아리 털을 훑어 내셨다고."

털은 탔으나, 병아리가 익었을 리 없었다. 외할머니는 붉은 생살을 보고선 드시지도 못했고 죄책감이랄까, 비위가 상하는 부끄러운 반추랄까, 그런 것 때문에 그 이후 닭고기를 드시지 못했다. 안 드셨거나 못 드셨거나. 이미 고인이라 그 사정을 자세히 여쭐 수도 없다.

평생 무엇을 못 먹는다는 건 일종의 강력한 트라우마다. 내 친구도 한 사건 이후 평생 돼지를 먹지 않았다. 군대에서 돼지가 내는 비명 소리를 들은 이후다.

"부대가 아주 컸어. 여러 대대가 모여 있는 부대라 수천 명이 우글거렸지. 우리 대대에서 잡았던 돼지 소리를 부대 뒤 높은 산에 있는 대공초소 근무자도 들었다고 하더군. 도시에서 산 애들은 멱따는 소리를 그때 처음 들어봤을 거야. 분노랄까, 처절함이랄까. 이런 표현 말고는 설명할 수 없는. 돼지가 가지고 있던 모든 에너지를 모아 터뜨리는 소리 같았지. 죽음이 무엇인지 알려주는 가장 구체적인 소리였달까. 훈련 때 '전장 소음'이란 걸 틀어주잖아. 포탄 소리, 빗발치는 기관총 소리. 그걸 죽음의 소리라고 생각했거든? 천만에. 한 생명이 내지르는 그 소리가 바로 진짜 전장의 소리였어."

요즘은 이해되지 않는 일이지만, 수십 년 전의 군대는 그러고도 남았다. 산 돼지에게 종이로 덕지덕지 옷을 입혀서 전 부대원 앞에 묶어놓고 훈시를 했다.

"아아, 에 또. 이 돼지는 이번 대통령 부대 표창으로 내려온 각하 하사품이다."

돼지는 대대 차트병이 정성 들여 쓴 글씨가 새겨진 흰 종이를 두르고 있었다. "각하 하사품." 어쩌면 장사대회 상품으로 나온 황소의 몸에 둘러진 영광의 휘장을 염두에 두고 한 일이었을 것이다. 문제는 살아 있는 돼지를 잡을 숙련된 기술자가 부대 안에 마침 없었다는 점이었다. 아무도 나타나지 않으면 취사반을 관리하는, 진급 안 되던 말년 중사가 책임지고 돼지를 잡아야 했다. 그래서인지 그의 표정은 아주 어두웠고, 어떻게든 그 일을 할 사람을 찾으려 했다. 대대본부를 움직여 휴가증을 걸기도 했다. 옛날엔 시골에서 종종 돼지를 잡곤 했으니 자원 병사가 있기도 했다. 그러나 어린 그 병사가 예리

한 칼로 일격에 동맥을 노릴 능력이 있을 리 없었다. 돼지를 잡아봤댔자 겨우 동네 형님이 칼을 들 때 보조나 했겠지.

병사는 기왕 칼과 무기를 들었으니 당연히도 어떻게든 돼지를 잡아야 했다. 휴가증도 걸렸고, 자존심도 있지 않았을까. 그러나 돼지의 길고 긴 비명은 그가 숙련되지 않았다는 걸 알려주었다. 모두들 오랜 시간 얼굴을 찌푸려야 했다니까. 난도질이나 마구잡이 몽둥이질로 한 생명을 쉽게 잡을 수 있으랴. 하기야 누가 그 병사를 비난할 수 있을까. 누군가 어쩔 수 없이 해야 할 일이었다. 그날 저녁 메뉴가 '대통령 각하 하사품 돈육찌개'로 확정되어 있었다는 게 더 정확한 이유였다고 해야겠다. 손질한 정육이 아니라 고통을 느끼고 비명을 지르는 산 돼지가 왔다는 게 문제의 시작이었다.

우리는 위생의 시대에 산다. 돼지는 숙련된 전문가가 마땅히 필연의 장소에서 잡았어야 했다(물론 옛날 군대였다는 걸 감안해달라). 내 친구의 트라우마는 그 무관심한 의도와 장소로부터 생겼다. 외할머니도 부잣집에 시집가서 배를 곯지 않았다면, 밥상에 얌전히 놓인 닭찜을 드실 수 있었다면 평생 트라우마에 시달리지 않았을 것이다.

어느 서양 나라에 '자가 도축 클럽'이란 게 있다. 자기가 먹을 고기는 자기가 잡아서 해결하는 방식을 공유하고 지킨다 (도축법 같은 건 나도 잘 모른다). 그래야 덜 죽인다는 거다. 고기를 먹는 나로서는 어떤 견해도 여기에 보태지 못하겠다. 당신은 어떤가.

몇 년 전인가, 아시아의 어떤 나라에 갔다가 도살장을 보게되었다. 나는 그곳에 도착하기 전에 이미 꽤 큰 소음 같은, 웅성거림과 육성(肉聲)이라고 알아챌 수 있는 한탄과 곡을 들었다. 도살장에 모인 돼지들의 소리였다. 그건 비명이라기보다격한 호소였다. 흥분과 탄식이 뒤섞인. 도살장의 구조가 문제였다. 트럭에 실려 온 돼지는 대기 장소에 마구 부려졌는데안타깝게도 도살 현장과 대기실 사이엔 적절한 거리가 없었고 시야를 가리는 구조물도 없었다. 대기실의 돼지들은 최후의 순간을 맞이하는 동료들을 목격하거나 감지할 수 있었다. 더 예민한 녀석들은 울었고, 그걸 듣는 다른 돼지들의 불안한동조가 허허벌판에 지어놓은 도살장 밖의 무거운 밤공기에섞여 퍼져 나갔다.

나는 한동안 고기를 먹지 못했다. 이 얘기를 어디선가 꺼냈다가, '동물복지와 윤리적 태도를 견지'하거나 말거나 어차피 죽을 목숨이니 무슨 의미가 있느냐는 비아냥을 듣기도 했다. 나는 미련해서 그런 세련된 태도 따위는 모른다. 다만 그런 현장에 있어봐야 알게 되는 기분에 관한 말을 하는 거다.

평생 회를 뜬, 흔히들 '칼잡이'라고 부르는 일식 요리사 친구가 있다. 그가 낀 어느 술자리에서, 요리사가 아닌 어떤 녀석이 이렇게 물었다.

"너 지금까지 고기 몇 마리 죽여봤냐."

나는 순간적으로 싸늘한 고압전기가 뒤통수를 훑고 지나가는 걸 느꼈다. 묻는 데도 방식이 있다. 그가 물고기 살해범이 되는 순간이었다.

죽이는 일은 밥하는 일에 연결되어 있다. 외할머니께는 죄송하지만 나는 닭을 많이 먹어왔다. 아버지가 닭 목을 비틀거나 시장 닭전에서 목이 날아가는 생닭을 보고서도 상에 오른 백숙을 먹었다. 죽음과 요리, 그게 한 사람의 피와 살이 된다는 생의 일관된 과정을 체험으로 얻었다. 나 역시 생선과 산 오징어와 더러는 닭의 목을 칠 수 있다. 인간은 보통 무심한 도축과 요리 행위 사이에서 일말의 번뇌 같은 게 없다.

그렇지만 나는 죽임을 생각한다. 생선의 목을 꺾든, 돼지를 잡든, 누군가 나 대신 죽여주는 일은 존경받아 마땅하다. 그 노동 덕에 우리는 깨끗한 부엌에서 즐거운(!) 요리를 한다. 외할머니가 병아리를 몰아넣은 사건은 결코 요리가 아닐 것이다.

사라지는 대폿집
겨우 찾아 아껴 먹는다

　대폿집이 사라진다. 나는 대폿집을 찾아다니는 사람이다. 아버지 세대가 다니던 대폿집은 이제 없다. 실비집도 없다. 빨간 페인트의 궁서체로 '왕대포'라고 함석판에 써서 붙여놓은 간판도 없다. 사라지는 것이다. 손님도 바뀌고, 왕년의 대폿집과 실비집은 삼겹살집이 됐다. 겨우 몇 곳 찾아내어 아껴 먹는다. 전남 광주 양동시장의 '여수왕대포'도 그런 집이다. 보라. 당당하게 '대폿집'이라 써놓은 집.

　"대폿집이라는 게 좋은 게 있고 나쁜 게 있어. 대폿집은 안주가 공짜여. 그건 손님이 좋아. 막깔리(막걸리) 한 병 시키믄 안주가 나옹게. 근데 주인은 안 좋아. 뭔 뜻인지 알제?"

대폿집이란 대포, 그러니까 바가지 같은 큰 술잔에 막걸리를 퍼 담아 마셨다고 해서 붙은 이름이다. 오래된 명칭일 것이다. 왕대포란 큰 대포일 수도 있고, 인심이 넘친다는 뜻도 된다. 여수왕대포에선 이제 막걸리는 공식적으로 안 팔지만 소주나 맥주를 시키면 안주는 나온다. 흔한 게 갈치구이와 묵은 김치에 제육. 두부에 더러는 삶은 낙지도 나온다. 그게 공짜다.

여수왕대포 사장님은 일흔이 넘었다. 원래 순천 사람이다. 여수로 시집을 간 후 광주에서 살았다. 전라도를 다 돌았다. 여수왕대포는 광주에서 제일 알아주는 양동시장 한구석에 있다. 허가받은 술집이기는 한데 포털사이트에도 안 나와서, 물어물어 찾아가야 한다. 오래된 닭전골목 끝에 있고, 옆에 뻥튀기집도 있다. 맞은편에는 정육점도 하나 있다. 일고여덟 번을 갔는데, 갈 때마다 헤맨다. 전화를 해서 물어보면, 그예 길에 나와서 손님을 기다려준다. 주인 아짐이 '보해소주' 앞치마에 할머니 표준 파마머리를 하고서.

"아짐, 나 배고파. 뭐든 줘봐요."

"암껏도 없어. 꼭 이럴 때 와, 서울 양반. 뭔 일이여."

이 집은 늘 '암껏(아무것)'도 없다고 한다. 그러면서 주섬주섬 내놓는다.

"얼른 띠갔다(뛰어갔다) 올까? 요새 대하 좋은디?"

재래시장의 대폿집은, 모두 그런 건 아니지만 안줏거리를 늘 재놓고 있지는 않다. 냉장고에 몇 가지 있지만 "영감탱이들 다 늙어서 앓아누웠는지 오다가도 안 오는 게" 손님이라 그때그때 사서 장만한다. 손님이 안주 만들 재료를 사서 가져가도 된다. 양동시장에는 멋진 재료가 널렸다. 언젠가는 토하 (민물새우)가 있길래 사 갔더니 두부찌개를 끓여주셨다.

"사 갖고 오믄 나야 좋지만, (손님이) 싸게 살 수 없응게 좋지도 않제."

광주 지하철 1호선 양동시장역에서 나와, 시장 안을 들여다보면 '양동식육점'이라고 좋은 정육점이 하나 있다. 가게 앞에 유리문 달린 냉장고를 내놨는데 요리사인 내가 봐도 좋은 고기다. 색깔이 검붉고 진하다. 저건 육회 만들기 좋다. 광주 사람들은 전화로 물어보거나 예약해서 육회거리를 정육점에서 사 간다고 한다. '앞박살' 한 근을 산다. 암소 뒷다리에 붙은 살인데 다리 한 짝에 딱 한 덩어리만 달려 있다. 혀에 척척, 진하게 찰떡처럼 붙어버리는 고기다. 그놈을 한 근 끊고, 여수왕대포 주인아짐 국거리 하라고 양지도 조금 산다.

육전거리를 사도 된다. 서울에도 육전 파는 집이 있는데, 그건 대개 엉터리다. 육전은 원래 식당 아짐이 옆에 앉아서 전기 프라이팬 켜놓고 부쳐줘야 제 맛이다. 무슨 풍류냐고 비웃겠지만, 이유가 있다. 아짐의 설명을 들어보자.

"괴기(고기)가 식으믄 육전은 못 묵어. 지름(기름)기가 식어불면 고소하덜 않어."

육전은 얄팍한 살코기에 달걀물을 입혀 고소하게 즉석에서 부쳐 먹는 음식이다. 그걸 다 부쳐서 한가득 접시에 담아 내면 식어버리고 맛도 없다.

하여튼 그 양동식육점에서 고기를 끊고, 덜렁덜렁 시장 안으로 가다 보면 '함평대포'라고 작은 선술대폿집이 보인다. 그야말로 콧구멍만 한 가게에 립스틱 예쁘게 바른 할머니가 손님을 맞는다. 할아버지 손님들이 빼곡하게 서서 막걸리 잔술을 마신다. 옆에 엉거주춤 서서 한 잔 마시는데, 연배에 밀려 쉽지 않다. 이 집이 잔술 한 잔에 안주 몇 점을 공짜로 내주는 옛날식 가게다. 조선 전통의 술집 풍습이 아직도 남아 있는 게 신기할 뿐이다.

함평대포를 지나서 해물전이 잔뜩 몰려 있는 골목을 지난다. 철마다 좋은 놈을 고르면 된다. 대하도 낙지도 가득이다. 알다시피 남도에선 낙지도 다 격이 있다. 아주 작은 세발낙지는 그냥 '호로록' 들이마시듯 통으로 먹는 것이고, 우리가 아는 산낙지회는 중간 크기의 낙지를 쓰는데 '탕탕'이라고 부른다. 탕탕, 칼로 내리쳐서 먹기 좋게 끊어낸 후 참기름과 통깨를 잔뜩 뿌려 낸다. 아주 굵은 놈은 연포로 탕을 내거나 볶아서 먹는다. 원하는 안주에 맞게 낙지를 산다. 여수왕대포 아짐에게 갖다 주면 요리해준다. 철에는 꽃게도 좋다. 탕을 하거나 찜으로 해주신다. 여럿이 몰려가야 이 요리를 고루 먹을 수 있지만, 멋이 나는 건 혼자 가는 거다. 5000원짜리 달걀말이를 시켜서 옆자리 손님과 조금씩 나눈다. 꼴뚜기회가 좋을 때 반 근 사서 역시 옆에 혼자 온 손님과 같이 먹은 기억이 있다.

어느 날은 퇴직한 교장선생님과, 어느 날은 작은 회사 노조위원장과 안주와 술을 나눴다. 대폿집은 과거의 기억에 있는 술집이라 노장들이 많이 찾는데 이 집은 특이하게 젊은 사람도 많이 온다. 시중에 없는 특이한 '업태'이기 때문일 것이다. 안줏거리를 사서, 그야말로 실비만 내면 요리를 해주니까. 한 상 차려 먹고 얼마냐고 물어보면 기가 딱 찬다. 너무 싸다.

"이걸로 돈 벌기는 글렀응게 조금만 받아야제. 재벌 돼서 뭐 하게."

대폿집은 손님이 있다가도 없고 없다가도 있다. 그이는 "장

사는 기다리는 직업이고, 삼한사온(三寒四溫) 같은 일"이라고
한다. 삼한사온. 이제는 무슨 뜻인지 모르는 사람도 많은 말.
노인들과 아짐들은 말의 찬장이고 보고(寶庫)다. 툭툭 던지는
살아 있는 말들. 삼한사온. 사흘 굶다가도 기어이 따뜻한 날
들이 온다는. 매출이 말라버리다가도 귀신같이 손님이 와서
먹고살게 된다는 뜻이다.

"여그는 손님 푸념 들어주는 집이여. 그러다 보믄 별일이
다 있어. 공자가 그랬다잖어. 길 가상이(가장자리)에 똥 싸는
사람은 혼을 내도 길 가운데다 싸는 사람은 피하라고. 별놈이
다 오제. 여그는 길 가운데다가 똥 싸는 사람도 오제. 미쳐부
러. 지금 가게 이름이 왕대폰디 얼마 전부터 막걸리를 안 파
는 게 이유가 있어. 막걸리 한 병 놓고 아주 심하게 주정을 부
리는 사람들이 있어. 혼내고 싸우고 어쩔 때는 피하고 그란당
게. 술집이 그런 데여. 어쩌다 하루씩 쉬는데 몸이 아퍼. 나와
앉아 있는 게 낫제. 그래도 좋은 손님이 많어. 그 맛에 하제."

그이가 이날 입은 조끼도 신발도 손님이 사다 준 것이다.
희한한 집이다. 다음에 나는 양말을 한 켤레 사 가리라 마음
먹었다.

이 집에는 안주가 떨어지면 꺼내놓는 비장의 물건이 있다.
묵은 김치다. 달큼하고 진하고 곰삭은 젓갈 내가 살살 밴 '죽

이는' 김치다. 한 접시 나오면 술을 열 병은 마실 수 있다. 텔
레비전은 꺼버리고 아짐이랑 얘기를 나누는 재미가 있다. 인
생사 숱한 곤란과 "나가 데꾸보꾸(울퉁불퉁, 우여곡절이라는 뜻으
로 쓰는 일어)가 많아서 별일 다 겪었어" 하는 푸념을 안주 삼
아 술을 마신다. 여수 살며 오이 하우스 농사도 짓고 고생하
다가 광주에 흘러와서 양동시장에 취직을 한 게 30년 전이다.

"홍애(홍어)집에서 내가 아주 날렸어. 남자 월급을 받았어.
홍애 일이 아주 힘들어. 그러다가 내 가게를 냈지."

홍어를 자르고 껍질 벗기고 나르는 일이 보통 고된 게 아니
란다. 오죽하면 남자들이 받는 월급을 받았겠느냐고 하신다.

술을 다 마셔가는데, 국이 한 그릇 턱 나온다. 미역국이다.

"속 풀고 가. 먼 길 가야는데."

웬 미역국이냐고 물으니 오늘이 당신 생일이라고 수줍게
말한다.

광주 양동시장은 일찍 진다. 매일 새벽, 일찍 일어나는 시
장이라 그렇다.

그 고생을 해서
일급 제빵사가 되었지만

한때 주방 군기라는 게 있었다. 군대도 아닌데, 우리는 '군기'라는 말을 지금도 가져다 쓴다. 도제식 교육을 통해서 업무를 꾸려가는 업종이 유독 그렇다. 주방 일도 그랬다. 빵 만들던 내 친구 진수는 5년 차가 될 때까지 친구들 술자리에 못나왔다. 새벽 4시 첫 버스를 타고 나가서 반죽을 주물러야 했다. 밤에 반죽을 해놓고 퇴근하면 가장 먼저 졸병이 출근해 반죽 상태를 체크하고, 짧게 발효하는 빵은 기계에 돌려서 반죽을 쳐놓아야 했다. 주 6일 근무였다. 30년도 전이었으니까. 그때 토요일은 일반 회사원들도 반공일(半空日)이라 해서 대여섯 시간 일했고, 대략 1년에 300일 이상 출근했다. 일해서 입에 풀칠했고, 풀칠하고 남으면 저축했다. 국민연금이 막 시작될 때인데 5000원인가 뗐다. 식당이나 빵집 직원은 주 6일이 아니고, 한 달에 두 번 쉬는 경우가 많았다. 격주 수요일, 뭐 이런 식으로.

"제법 큰 공장(빵집은 주방이라고 안 부르고 공장이라 한다. 왜 그런지는 모른다. 관습이다)이라서 국민연금을 떼더라고. 그게 뭔지도 모르고 몇천 원 내는 게 아까웠지. 나중에 공장이 망했는데, 알고 보니 돈을 떼어가기만 하고 연금공단에 내지는 않았더라고. 그래서 내가 연금이 얼마 안 돼."

요새야 연금 공제한 거 떼먹으면 형사처벌 감이지만 그때는 뭐든 허술했다. 요리사나 제빵·제과 기술자들은 이직도 잦았다.

"1년 이상 일하면 퇴직금 주는 거잖아? 근데 난 별로 받아본 적이 없어. 가게가 망해서 못 받고, 어떤 데는 월급에 퇴직금이 포함돼 있다고 안 주대?"

이른바 '13분의 1' 꼼수였다. 연봉이 1200만 원이라 치자. 그러면 매달 100만 원을 주는 게 아니라 13분의 1인 약 92만 3000원만 준다. 1년을 채우면 퇴직금으로 차액분을 준다는 거다. 희한한 계산법이다. 멀쩡한(?) 중소 규모 기업도 그따위 수작을 부렸다. 말도 안 되는 편법이지만 그때는 그게 아주

신박한 묘수였으리라. 그렇게 베니스 상인처럼 살점 발라내듯 월급 떼먹은 사장들, 지금도 아는 놈들 있는데 다 떵떵거리고 잘산다.

하여튼 진수는 술자리에 못 나왔다. 어쩌다 나오면 거푸 석 잔쯤 마시고 얼른 들어갔다. 기어코 꼬깃꼬깃 접은 5000원짜리를 제 몫이라며 내놓고 갔다. 그때 진수 월급이 9급 공무원의 절반인가 그랬다. 그쪽 동네가 그랬다. 빵이나 요리, 미용, 사진 같은 업종이 심한 편이었다. 요리는 덜했는데, 다른 직종은 무슨 견습이 그리도 긴지. 견습 기간에는 '소정'의 교통비와 밥값 정도만 줬다. 한 1년은 그렇게 살아야 '정식'(아, 그 잘난 正式!)이 됐다. 정식이 되면 의료보험도 들어준다고 해서 좋아했다. 한 해 100만 명 넘게 태어나던 시대였다(2022년 대한민국에서 태어난 신생아는 24만 명을 겨우 넘었다). 기술로 벌어먹고 살려는 사람이 많았고, 시장은 자주 그들을 그렇게 써먹었다.

요리 쪽도 옛날 선배 얘기를 들어보면 비슷했다. 1년은 그냥 차비만 받고 다녔다고. 명절에 집에 갈 때 봉투 하나씩 주는 게 전부인 식당도 많았다. 석탄이나 연탄으로 불을 살려둬야 하는 중국집이나 밤새 불을 때는 국밥집은 퇴근 없이 기숙을 많이 했는데, 선배들 증언으로는 종종 주인이 문을 걸어

잠그고 가버렸다고 했다. 불이라도 나면 어쩌라고. 한 중국집에서 일했던 이연복 주방장은 "기숙하는 직원들을 2층 손님 방에 때려 넣고 주인이 문 잠그고 퇴근한 적도 있었다"라고 했다. 밥이라고는 누룽지에 짠지가 전부였다.

"가마솥에 석탄 때서 밥을 짓고 박박 긁어놔. 그걸 식혀서 볶음밥이나 잡탕밥 같은 데 쓰는 거지. 그러곤 남은 누룽지에 물 넣고 끓여서 직원식으로 주는 거야. 반찬은 무에 소금만 딱 넣고 간 배게 해서 내주더라고. 몇 달 그러다가 도망쳤지. 그런 집들이 왕왕 있었어."

진수네는 그런 빵집까지는 아니었다. 그 녀석의 말대로 '그때는 많이들 그랬다'고 할 뿐이었다.

빵집을 보통 제과점이라고 하는데 실은 정확한 표현이 아니다. 빵집은 빵집, 과자 전문은 제과점이다. 하지만 우리나라에선 제과점이라고 통칭해왔다. 빵집에서도 과자를 구색 맞춰 팔았고, 제과점이라 해도 빵을 안 팔면 매출이 좋지 않았다. 지금도 그렇다. 딱 부러지게 두 업종이 나뉘는 경우는 드물다. 하지만 아무래도 빵이 잘 팔리고, 빵 맛이 좋아야 과자도 팔린다. 과자는 잘 상하지 않으니 미리 만들어두고 오래 팔 수 있어서 효자 상품이다.

진수가 제일 잘하는 건 식빵, 단팥빵, 크림빵, 소라빵 같은 기본 빵이다.

"난 '주도한빠'(일본어로 '중간 정도 간다'는 뜻. 기술업장에서 많이 쓰는 말이었다)야. 어정쩡하게 이것저것 다 했어. 빵집은 사실 그래. 골키퍼도 하고 공격도 하고. 기본 빵은 반죽이 대개 같으니까 그걸로 북 치고 장구 치고 그러지."

나중에 발효기가 좋아지고 출근 시간이 좀 나아졌다. 버튼 눌러서 원하는 발효 완료 시간을 맞춰놓고 퇴근하면 출근에 맞춰서 반죽이 딱 준비되는 장비다.

어쨌든 그렇게 나온 반죽으로 몇 시간이고 같은 일을 반복한다. 식빵 백 개, 단팥빵 수백 개, 크림빵도 수백 개, 여기에 소보로 같은 계열의 '맘모스빵'을 잼 발라 만든다. 기술자들은 대충 거기서 털고 끝내지만 졸병들은 다음 날 쓸 달걀 깨고(한 번에 열 판, 스무 판씩 깨야 한다. 진수는 언젠가 달걀 빨리 깨기로 〈생활의 달인〉에 나오고 싶다고 했다. 자신 있다나 뭐라나) 반죽 치고 오래 발효시킬 것들은 발효실에 넣어야 일이 끝난다. 거기다 짬짬이 쿠키며 롤케이크며 잡다한 것들도 만들어야 한다. 튀기는 과자와 빵도 많다. '도나쓰'는 빵집에서 잘 팔리는 인기 메뉴다. 꽈배기 꼬는 것도 보통 일이 아니다. 빵집은 속도의 장사다. 찹쌀도넛은 또 반죽이 달라서 애를 먹인다. 거기에다

팥소까지 채워서 둥글려놔야 준비가 끝난다. 정작 튀기는 일은 어렵지 않다.

"제일 힘든 건 어린이날이랑 크리스마스야. 나중에는 어버이날도 그랬고. 케이크 만들어야 하니까. 언젠가부터는 추석 때도 케이크가 나가더라."

케이크는 하루아침에 다 만들 수 없다. 영업을 하면서 엑스트라로 준비해야 한다. 빵 치고 과자 구워가면서 케이크도 만들어 쌓아둔다. 큰 가게는 팀을 꾸려 케이크에 매달린다. 왕년에 어지간한 가게에서는 500개, 1000개씩 케이크를 팔았다. 요새야 프랜차이즈도 있어서 케이크 구하기가 어려운 일이 아니지만 예전에는 뻔한 동네 제과점에서 그 케이크를 다 조달했다.

"며칠 밤새우는 거야. 나중에는 졸면서 크림을 짰어. 한석봉 엄마랑 붙어도 이긴다, 내가. 큭큭."

케이크 위에 "메리 크리스마스" 같은 축하 레터링을 짤주머니에 넣은 초콜릿 크림 같은 걸로 하는데, 졸면서 해도 글씨가 그럴듯했다고 한다. 짜식, 허풍이 세다.

그는 그 고생을 해서 빵집 일급 기술자가 되었지만, 이제 빵은 만들지 않는다. 골목 빵집이 많이 망했다. 그도 열심히 했지만, 프랜차이즈에 밀렸다. 광고의 위력은 무섭다. 프랜차이즈 빵집이 하나둘씩 큰길에 들어오더니 골목에도 들어왔다. 한때는 네다섯 개의 프랜차이즈 빵집이 경쟁했다. 화사한 인테리어에 온갖 포인트며 카드사 할인 마케팅을 엮어서 손님을 끌고 갔다. 윈도 베이커리라는 동네 기술자 빵집은 도태되었다.

그는 직업을 바꾸었다. 빵집이 망했으니까. 결국은 뜬금없이 도배를 배워 그걸로 먹고산다. 대기업이 '도배질' 하러 들어오지는 않을 거 아니냐면서.

아니, 들어올지도 몰라. 도배업체 비교 포털사이트 같은 걸 만들어서 우리 일감도 먹으러 들어올지 몰라. 카카오가 퀵서비스에도 용달에도 손을 댄다며. 진수야, 어쨌든 이제 술자리에 자주 나올 수 있어서 좋다. 그래그래, 그거 좋구나. 한잔 마셔라. 이제 빵 반죽 해놓고 갔는데 푹 꺼져버리는 꿈 같은 건 안 꿔도 되겠다, 야.

그대 팔에 불기름
뒤집어쓸지언정

요리사 모임은 야밤에 시작한다. 손님 다 가고, 결산까지 마쳐야 슬슬 옷을 갈아입을 수 있다. 코로나 시절에는 모이지도 못했다. 일 끝나면 전국의 술집도 '셧다운'이었다. 불 꺼진 식당 탁자에 각자 앉아 제사 지내는 것처럼 '깡술' 한잔씩 놓고 마셨다. 음울할 때였다. 끝이 보이지 않았으니까.

그렇게 요리사들이 모이면 아무거나 먹는다. 밤 10시 넘어 문 연 곳이 요리사 처지엔 맛집이다. 시큼한 땀 냄새 풍기는 사내들 네댓 명이 앉아서 고기를 굽는다. 아마도 서울 청담·논현권 심야 고깃집 손님의 3할은 식당 일 하는 사람들일 거다. 이런 집은 피크가 두 번이다. 저녁에 한 번, 심야에 한 번.

요리사들도 술 마시고 밥 먹고 술주정도 한다. 한창 연애하는 요리사들은 옷 갈아입을 때 머리에 뭘 잔뜩 바르고 몸에도 뭔가를 뿌린다.

"그게 유행하는 향수니? 냄새 좋구나. 여친이 좋아하겠다야."

"아이고, 주방장님. 음식 냄새 지우는 거죠."

그의 머리는 아마도 샴푸가 잘 먹지 않을 것이다. 종일 기름 연기에 버무려졌을 테니까. 좁디좁은 식당에 무슨 라커룸이며 샤워장이 있겠는가. 심지어 어떤 식당은 직원들 사복을 큰 비닐 봉투에 담아 홀 선반에 얹어두었다. 고깃집에서 연기 냄새 배지 말라고 손님에게 나눠주는 그런 봉투였다.

한번은 중국요리 하는 형들과 만나서 술을 한잔했다. 어쩌다가 무용담이 나왔는데 다들 팔뚝을 걷어붙였다. 누가 '기름빵'이 제일 많고 지름이 큰지 대보기 위해서였다. 중국집 주방은 기름을 많이 쓰고 튀김이 많다. 요리사의 온갖 보직 중에 튀김판(튀김장)이 있는 건 대개 중식과 일식인데, 일식 튀김은 얌전한 편이고(물론 이쪽도 물량 쏟아낼 때는 전쟁이다), 중식은 기름 범벅이다.

우선 기름솥 크기가 압도적이다. 기름으로 시작해서 기름으로 끝나는 게 중식판이라 자욱한 기름 냄새에 처음 주방에 들어간 사람은 머리가 어질어질해진다. 탕수육처럼 누가 봐도 튀김인 녀석만 있는 게 아니라 알게 모르게 기름 세례를 받는 요리가 대부분이다. 짬뽕도 짜장도 볶는 것부터 시작이고, 깐풍기며 라조기에 난자완스처럼 얌전해 보이는 녀석들도 기름에 구르고 소스를 뒤집어쓴 역전의 용사다. 기름은 소스처럼 수분 많은 걸 만나면 철천지원수처럼 소리를 지르고 스프링클러처럼 터지면서 입자를 뿜는다. 그래서 중국집 기름솥에 매달려 요리를 뽑아내는 요리사 팔뚝은 기름이 부린 심통의 흔적, 그러니까 '기름빵'이 가득한 것이다. '빵'이란 자국을 의미하는 속어다. 옛날엔 '담배빵'이란 말을 썼다. 좀 노는 애들이 세게 보이려고 팔뚝에다 담뱃불을 지졌다. 세상에서 가장 싼 문신이었달까. 문신은 메시지다. 담배빵은 '나 건드리지 마' 하는 경고였다.

양식 요리사들 팔뚝에는 대개 칼날에 베인 듯한 직선의 상처가 많다. 달아오른 오븐 문짝에 데기 때문이다. 문짝은 직선의 금속이다. 반면 중국집의 튀는 기름방울은 동그랗게 흔적을 남긴다. 만약 튀김도 많이 하는 양식집의 요리사라면 둥글거나 직선의 화상이 칸딘스키의 무늬를 만들기도 한다. 탕수육처럼 크고 묵직한 고기 조각을 큰 솥에 튀기는 작업이 많을수록 둥근 지름이 커진다. 탕수육은 간단해 보이는 요리지만 아주 지랄 맞다. 반죽에 버무린 고기 조각을 일일이 하나씩 기름솥에 넣어야 한다. 한꺼번에 넣으면 화상 입을 일도 적고 편할 텐데 제대로 하려면 하나씩 넣을 수밖에 없다. 물론 일은 바쁘고, 사람은 모자라고, 정신없는 독촉 전화("예예, 방금 배달 오토바이 떠났슈!")가 많은 중국집일수록 그렇다.

목포 옛 도심을 걸어가는데 한 사람이 붉은 조리복을 입고 한 가게 앞에 나와 있었다. 그냥 말을 걸었다. 물론 초면이다.

"나도 요리사요."

"그라요? 먼 요리사요?"

"양식 합니다."

"편하겠네. 난 쭝국집 허요."

"알아요. 요 앞 태○반점이네."

"어디서 왔소?"

"서울요. 주방장님은 고향이 어디요?"

"하의도서 왔지라."

"아, (디제이) 선생님 고향이구나."

이런 대화가 햇살도 고운 어느 늦가을 골목길에서 있었다. 동갑이라는 게 밝혀지자 그는 얼굴을 하의탈, 아니 하회탈처럼 실룩이며 환하게 웃었다. 이놈의 지구에서, 같이 기름밥 식용유밥 먹는 동지에, 동갑인 친구를 만나서였을까. 잘 모르겠다.

그와 나란히 서서 사진을 찍었다. 그의 팔뚝을 보니, 탕수육은 못 시킬 것 같았다. 들리는 말로 그가 일하는 중국집에서는 짜장면만 시켜도 탕수육 서비스를 준다고 했다. 그러니 튀김 일이 많을 테고 팔뚝을 지지지 않을 방도가 없으리라. 나중에 사진도 한 장 뽑았다. 약국에서 삐콤씨도 한 통 샀다. 요리사들은 타 업장에 갈 때 공식 선물이 있다. 박카스나 비타500이다. 그래도 친구니까 더 좋은 선물을 하자고 고른 게 영양제였다.

그는 커다란 기름솥을 끼고 연신 탕수육을 튀기고 있었다. 주방이 다 보이게 유리창을 해놓았다. 이 집이 유명한 대로, 정말 식사 두 그릇을 시켰더니 직접 담근 김치가 두 종류(역시 전라도다!), 탕수육이 서비스로 나왔다. 진짜로. 그가 유리창 안에서 씩 웃었다.

어느 지방 도시나 비슷하게, 구도심은 힘이 없다. 해소 기침 하는 노인 같다. 그나마 오래된 가게들과 골목이 구도심을 지킨다. 목포 음식 하면 많은 이들이 홍어를 먼저 떠올린다. 숙성한 고르곤졸라 치즈향이 나는 묵은 홍어를 내는 '금메달식당'을 먼저 꼽아야 한다. 신선한 것부터 점점 익은 것으로 넘어가는데, 마지막에 오래 묵은 홍어 한 점을 딱 낸다. 어떤 유기물이 오래되면 상하거나 숙성될 텐데, 그 절묘한 분기선이 바로 금메달식당 안주인이 내는 최후의 한 점이다. 이런 홍어를 길거리에서 '주웠다면' 먹을 수 있는 사람이 별로 없을 것이다. 신용이 생긴다는 건 사람에게 쓰는 말인데, 금메달식당 안주인의 기술을 믿으니 먹는다. 아니, 사람을 믿는 것이겠지. 농담을 더하자면 여기서 먹고 탈 없이 살아온 수많은 손님들의 생존도 믿는 것이겠고.

그런 목포에서 '중깐'이란 음식을 뺄 수 없다. '중깐'은 중화루라는 노포의 간짜장의 준말이다(중간이 중깐이 되었다). 중화루는 왕윤석이라는 노장 요리사가 한다. 그는 화교다. 중깐 원조집이니 아주 제대로 한다. 중깐은 짜장면의 온갖 장르 중 하나인데, 굳이 설명하자면 도도한 짜장면이다.

짜장소스는 유니짜장과 비슷하다. '유니'는 '육니(肉泥)'에서 왔다. 고기를 잘게 다져서 섬세한 맛을 살려낸 요리법이다. 양파와 채소, 고기를 잘게 다져서 짜장을 만든다. 중요한 건 면이다. 기스면 같은 면발이어야 한다. 기스는 계사(鷄絲)를 한국의 화교 중국집에서 표기하는 방식이다. 닭고기를 실처럼 가늘게 썬다. 기스면에는 보통 면발보다 아주 가늘게 뽑은 면이 어울린다. 그래서 왕년에 기스면은 귀골스러운 음식이었다. 맑은 닭육수에 가늘게 썬 고기를 얹고, 치렁치렁한 면발을 담아내기 때문이었다. 왕윤석은 중깐으로 유명하지만 만드는 건 상당히 힘들어한다. 다른 면과 달리 가늘게 뽑아야 하므로 금세 불어버리기 때문이다. 단 한 그릇을 위해 가는 면을 따로 뽑아 소스에 담아낸다. 중깐은 그래서 받자마자 바로 비벼야 한다. 금세 불어서 면과 소스가 엉켜버린다. 젓가락질을 하면 가늘게 뽑은 면이 곱게 만든 짜장을 묻혀서 온다. 음식은 절반쯤 물리적 맛이라는 걸 실감하게 한다. 같은 반죽이라도 칼국수는 먹어도 수제비는 질색하는 사람이 있는 것도 물리의 비밀이다. 혀는 간사하다. 그 간사한 혀에 복무하는 게 실뱀처럼 입에서 살아 움직이는 중깐의 면발이다.

목포 구도심에서는 몇몇 가게들이 중깐을 한다. 기왕 요리사의 훈장 얘기를 하니, 왕윤석도 뺄 수 없다. 그의 팔뚝도 여지없이 추상화 같은 도판인데 한 군데 더 별난 데가 있다. 그가 난자완스를 만드는 걸 본 적이 있다.

난자완스도 대부분의 중화요리가 그렇듯이 본디 중국어와 산둥 출신인 요리사들의 발음과 한국적 변용을 통해서 만들어진 말이다. 난자완스는 '남전환자(南煎丸子)'라고 쓰고 '난

젠완쓰' 정도로 읽어야 한다. '지진 완자'라는 뜻이다. 완자는 공처럼 둥글 수도 있지만, 동그랑땡처럼 납작한 동그라미도 있다. 난자완스는 후자다.

그가 난자완스를 만드는데, 일단 동그랗게 만든 미트볼을 기름솥에 튀긴다. 그러더니 냅다 중간쯤 꺼내서 맨손가락으로(!) 누르는 게 아닌가. 끓고 있는 기름에서 꺼낸 완자를 식히고 자시고 하지 않고 손가락으로 납작하게 눌러버린다. 그의 손가락 끝은 1, 2도 화상에 오래도록 노출되었을 것이고, 그예 뜨거움을 느끼지 않는 피부를 가지게 되었을 것이다. 찌개집에서 오래 일한 아주머니들이 펄펄 끓는 냄비 손잡이를 맨손으로 번쩍 옮기는 것과 같은 이치일 테다.

이마에 팬 주름을 더 깊게 찌푸리며 난자완스를 누르던 왕윤석 '쓰부(사부)'의 표정이 잊히지 않는다. 그 주름은 태○반점 친구의 이마에도 비슷하게 있다.

이모는 노동자가
아니라서 그랬을까

이른바 파출부라고도 하고 일본말로 '아라이(洗い)'라고도 하는 직종이 있다. 설거지를 전담하며, 바쁠 때는 파도 썰고 직원들 밥도 하는 그런 일이다. 내가 일하던 강남 어느 식당에서 알게 된 분이 있다. 다들 이모라거나, 찬모라고 부르는. 그러니까 파출부와 아라이의 또 다른 이름인. 그냥 아줌마도 되며 더러 엄마도 된다. 다만 누구도 공식 호칭인 주방보조원이라고는 안 한다. 알게 된 지 벌써 10년이 넘었다. 간혹 밤에 이런 문자가 온다. 이 양반은 데이터 절약을 위해 띄어쓰기를 하지 않는다.

세푸님안녕하세요?설명절잘보내셨지요세푸님오늘음력1월
14일인데명절잘보내셨는지(중략)세푸님일만하시지말구요
건강꼭잘챙기세요정월대보름잘보내세요세푸님조금따뜻하
면미리연락하구꼭찾아뵐께요

내가 그저 이분께 한 거라고는, 다른 직원들처럼 대했을 뿐
이었다.

가장 낮은 일인 밥하는 직종에서도 더 낮은 몫인 보조하는
사람들, 일꾼들 떠받치는 분들이 있다. 인간의 온정과 배려
같은 데서도 자주 소외되고 마는 사람들이다. 이를테면, 명절
에 참치캔을 한 상자씩 돌려도 정식 직원이 아닌, 파견인지
일당인지 비정규직인지 하루살이로 오는 그런 노동자들 몫
이 있을 리 없다. 이 아주머니(또 다른 호칭이네)가 오시기 전엔,
파출 오시는 분들이 매일 바뀌었다. 이유는 우리 부엌 사정이
었다. 식기가 무겁고 커서 손목 다 나간다고들 했다. 산재가
될 리도 없는, 그냥 투명인간 같은 분들.

"세푸님. 젤 좋은 건 백반집이에요. 메라민이나 스뎅이라
그릇이 날아다녀두 안 깨지구 세제도 잘 먹어. 백반집도 나
름인데, 돌솥비빔밥집은 다들 안 갈라 하지. 뚝배기집두 별로
고. 손목 파스 값이 더 나가거든요."

무슨 이유인지 이 아주머니는 매일 나왔다. 손목에 파스 붙여가며. 이런 일 하는 여자들 악력은 태릉 선수촌급이다. 무거운 그릇을 쥐고 닦는데, 미끄러우니 꽉 쥐어야 한다. 그릇 깨지면 눈치 보시고, 더러 어떤 주인은 변상하라고 엄포도 놓는다. 그러니 쥔 손에 힘 들어가고 손가락 힘이라면 전설적인 만둣집에 오래 근속한 여자들보다 악력이 세다. 만두는 피를 꼭꼭 닫아야 하니, 손가락 끝에 힘을 주어야 한다. 그래서 손가락 힘이 좋다. 물론 그걸 오래 하면 손가락 건염이나 관절염은 필수로 얻는다. 설거지 파출일은 손목 건염까지 덤이다. 골프 치면 자주 걸린다는 병과 같다. 보험공단에 신고하는 똑같은 증상의 질병, 그쪽 전문용어로 동일한 상병명(傷病名)에도 각기 계급이 있다.

시내에 정형외과를 개업한 지인이 있다. 밥집 아줌마들이 오면 기가 딱 찬다고 했다. 목 디스크에 척추측만증까지. 머리에 똬리 놓고 오봉이라 부르는 밥 쟁반 쟁여서 배달하니 그리 된다고 했다. 그는 이고 가는 밥 배달을 금지시켜야 한다고 신중하게 말한다.

"그것도 기술이니 무슨 신기한 세상 같은 프로에 나오더라고. 쟁반 4층 5층으로 이고 시장통 같은 데 누비고 다니는 거. 난 그거 못 봐."

아무튼 그렇게 우리 파출 아주머니와는 인연이 되어 오래 같이 일했다. 내가 식당을 옮기면 같이 옮겼다. 우리가 해드린 건 명절날 참치캔 빠뜨리지 않고 직원으로 4대 보험 들어드리는 것이었다. 거기에다 과장 부장 직급 부르듯 호칭 하나 만들어드린 것뿐이었다. 돈도 안 드는 일인데.

그리하여 그이는 '총무님'이 됐다. 총무가 어떤 일인지 다들 아실 게다. 집안 숟가락 숫자부터 온갖 허드레 사정을 뚜르르 꿰는. 그이는 처음엔 부끄럽다고 사양했고 난 명함까지 하나 파서 드렸다. 총무 아무개. 그러자 그이는 아주 정색을 하고 얘기했다. 아마도 눈가가 붉어지셨던 거 같다.

"세푸님. 저는 태어나서 처음 벼슬해봅니다. 고맙습니다."

아줌마나 이모 같은 혈연의 호칭은 따스하고 정겹다. 그러나 때로는 직장이란 조직이 지켜야 할 룰과 혜택에서, 예의에서 제외되기 쉽다. 우리가 엄마나 누나에게 그토록 못되게 굴었던 것처럼.

그러던 그이와 헤어졌다. 가끔 전화가 왔고, 여전히 식당 동네에서 밥을 버셨다. 단지 호칭이었을 뿐이지만, 그이는 다시 아줌마나 이모가 되었다고 했다. 영세한 식당 노동자가 겪는 그런 일, 말하자면 체불이나 임금 떼이기를 당하기도 했다. 아마도 그이는 나를 서울 바닥의 유일한 구원자로 생각했을지도 모르겠다. 이런 문자가 급히 날아온 걸 보면.

박세푸님 안녕하세요? 세푸님 지금 많이 바쁘세요? 제가 혼자 해결할 수 없는 일이 생겨서요. 세푸님하구 물어 보지 않고 지나가면 평생을 후회할 것 같아서요.

그이는 문자 띄어쓰기를 시작했다. 그러나 세상 사는 법엔 여전히 약했다. 사정을 들어보니, 사업 크게 하고 방송에도 나오던 식당 사장이 임금을 체불한 채 폐업을 하고 소식이 끊겼다. 그이는 퇴직금에 대한 언급도 못 들었다. 당연히 받아야 할 퇴직금도 '이모'에겐 얼렁뚱땅 넘어갔던 것이었다. 법 알고 요령 있는 동료들이 독촉과 호소로 몇 푼이나마 건질 때 그이는 빈손이었다. 망한 회사 직원이 받을 수 있는 체당금 같은 제도도 아무도 그이에게 알려주지 않았다. 이모는 노동자가 아니니까 그랬던 것일까.

그이는 나이 칠십이 넘어 못 받은 임금을 벌충하러 점심 저녁을 파는 여의도 어느 식당에서 종일 일한다. 그 집 그릇도 묵직한 도자기라고 한다. 그이의 손목이 여전히 건재한 게 기적 같다. 파스 한 묶음을 보내야겠다.

어디선가 읽은 글인지 한 대목의 메모가 내 수첩 구석에 있다. 옮겨본다.

걸인으로 위장한 신이
우리에게 손을 내미는 것은
양손에 떡을 들고도 입에 떡을 물고
있는 게 보이기 때문이다.

오늘도 식당은 굴러간다. 서울에만 식당이 12만 개다. 한
집 건너 하나는 이모가 일한다. 그들도 이제 늙고, 젊은 이모
는 이런 노동 시장에 나오지 않는다. 쎄빠지고 영세한 이런
시장에. 이모가 다 사라지는 날이 미구(未久)다. 빤히 보인다.
밥집의 운명이다.

배달의 민족은
온몸이 아프다

식당 하는 사람들끼리 만나 하는 말은 그 바닥의 생리를 보여준다. 흥미로운 말이 많다. 중국집 하는 선배는 "배달만 속을 안 썩이면 할 만하다"라고 한다. 온갖 배달대행 플랫폼이 돈을 벌었네, 몇조 원에 회사를 팔았네 하는 말이 쏟아지는 시끄러운 이 시대에도 중국집은 외주 배달업체를 안 쓰는 곳이 많다. 배달로 특화된 게 중국집이라 물량이 많아서 직접 고용하는 게 유리하기 때문이다.

"중국집 배달이 제일 더러워서 그래. 빨리 갖다 달라고 난리 치는 건 중국집이여. 짜장 만드나 국밥 만드나 시간은 똑같은데 왜 중국집만 그리들 쪼아대냐? 그래도 그릇 수거 안

허는 게 그나마 이 정도야. 사람 구할 데도 없어서 내가 배달
통을 들고 말지."

요즘은 스티로폼이나 얇은 배달 전용 그릇이 많아져서 중
국집은 배달만 할 뿐, 수거할 일이 없어졌다. 그래도 사람 구
하기는 어렵다.

"오토바이 사주고, 보험 들어주고, 인센티브 준다고 해도
사람이 없어."

"주 5일 일하고, 초과근무수당도 주고 그래요?" 하고 물었
더니 버럭 화를 낸다.

"그거 안 하면 바로 고발당혀. 노동위원회인가 뭔가에 출두
하라고 난리 나. 다 허지."

선배는 1970년대에 짐자전거로 배달을 시작했다. 시골에서
올라와 고향 형을 따라 하게 된 일이었다. 우선 먹고 잘 곳이
필요했으니 중국집이 맞춤이었다. 대개 연회용 2층 방이나 내
실이 있어서 영업 중에는 방으로 쓰고, 마감 후에는 직원용 숙
소가 됐다. 가구라고는 '비키니 옷장(간이 행거)'이 전부였다.
휴일이 따로 없었는데 기름 파동인지 뭔지가 나서 2주에 한
번 강제로 쉬게 되어 남산 구경도 하고 그랬다.

"그때는 시골에서 애들이 올라오면 가게에서 먹고 자면서

배달도 하고 양파도 까고 그랬지. 나도 그렇게 시작했지. 요새는 수습이라고 하던데 그때는 그냥 사장이 월급 주고 싶은 맘이 들면 그 순간에 수습이 끝나는 거야. 아니면 용돈이나 받고 다녔지. 아니, 다닌 것도 아니고 2층에서 살았지. 식당이 집이야. 나가면 갈 데도 없었는디."

배달원에게 제일 힘든 일은 수금이었다. 나중에 준다고 해서 몇 번을 찾아가도 못 만난 적도 많다. 점심에 배달해주고, 오후에 '식대' 받으러 갔다가 해가 질 때까지 대문 앞에서 기다렸다. 식대 줄 사람이 올 때까지. 밥값 안 주면 오지 말라고 사장이 못을 박아서 하염없이 집 앞에서 기다리곤 했다.

"처먹은 밥값 주는데 곱게 주면 될걸 왜 나한테 욕을 하고 그랬는지 몰라, 그 새끼들은. 어떤 놈은 날 깔보구 내일 오라고 그러더라고. 내가 그랬지. '잡수신 짜장면 똥은 내일 나와두 오늘 먹은 식대는 오늘 주셔야 한다'구."

어떤 공장은 한 달간 음식을 시켜 먹었는데 수금해준다는 날에 갔더니 트럭에 짐을 싸고 있더란다. 야반도주 비슷한 거였다.

"사장한테 이런 법이 어디 있냐고, 식대 안 주면 쫓겨난다고 트럭 앞에 웃통 벗고 드러누웠어. 앞바퀴에 다리 한 짝을 넣었지. 사장이 기함을 하더니 실린 짐에서 신일 선풍기를 한

대 꺼내주더라고. 돈 되는 건 이거밖에 없다고. 더 버텼더니 잠바를 뒤져서 가계수표 한 장도 주고. 그다음 날 바꾸러 갔더니 부도수표더라고. 흐흐."

한번은 무슨 작업장에 갔다가 식대 대신 전동공구를 들고 왔는데 경찰이 중국집에 찾아왔다고 한다.

"개자슥이 신고한 거여. 강제로 뺏어갔다고 강도라네? 서에 가서 '저늠들 배때기에 훔쳐간 짜장면 가락 있으니까 저늠들도 강도'라고 악을 썼지. 별일 다 있었어. 젤로 분한 건 오토바이도 못 올라가는 산꼭대기까지 요리 몇 접시 배달 갔는디 장난전화였던 거여. 음식은 굳으면 다시 못 팔아. 화가 나서 돌아오다가 고아원에 줘버렸지. 그때 애들 잘 먹는 거 보고 지금도 한 달에 한 번씩 (보호) 시설에 밀가루 한 포대 지고 프로판가스 들고 가서 짜장면 해주고 오고 그래. 프로판가스는 왜 들고 가냐고? 그냥 도시가스는 화력이 안 나와. 짜장은 불맛이여."

선배는 요리를 하고 싶었는데 수금에 탁월한(?) 능력을 발휘해서 홀에 남았다. 배달도 뛰고 홀 서빙도 하고 장도 보고 가끔 주방 보조도 하는 팔방미인이었다. 옛날엔 장 보는 게 중요해서 주방장과 사장이 시장에 다녔다고 한다. 요새는 주문만 하면 재료가 들어오지만.

"사장이 나더러 자기 대신 시장 가래. 주방장이 좋아하더라고. 잔소리하는 사장이 뭐 좋겠어. 나중엔 주방장이 혀를 내둘렀지. 내가 더 지독했어. 내 집처럼 물건 깎고 장을 보니까 주방장이 긴장하더라구. 재료비가 덜 나오니까 사장이 엄청 좋아했어. 내가 그 집에서 첨으로 퇴직금 받은 사람이야. 퇴직금 제도가 없었냐고? 있었겠지. 허나 주는 주인이 많이 없었어. 어느 식당이나 비슷했어. 그땐 그랬어."

그는 사채를 얻어 자기 중국집을 차렸다. 그러다 배달원이 쉬는 날 대신 배달 나갔다가 골목에서 아이를 치고 그 수습을 하면서 중국집을 그만뒀다. 지금으로 치면 트라우마 같은 것이었다.

동대문에 내가 잘 가는 백반집이 하나 있었다. 서울의 시장이 다 몰려 있는 곳. 손님들에게는 잘 안 보이지만 시장 구석구석, 어느 틈에는 밥집이 있다. 분식집과 커피집, 잡화점도 숨어 있다. 시장 상품 파는 번듯한 곳에 있을 필요가 없으니 어느 구석에 있다. 그런 집들이 수많은 시장 상인을 먹인다. 요새는 플랫폼이 있어서 이곳저곳 배달 음식을 다채롭게 시킨다. 스파게티며 스테이크, '텐동'도 시키면 온다고. 그래도 시장 상인들을 먹여 살린 건 숨어 있는 밥집들이다. 오랜만에 한 백반집에 갔더니 거기 여사장님이 안 보였다. 남편이 인상을 쓴다.

"입원했어. 산재(보험)도 안 들었는데."

그 여사장님은 아주 억척이었다. 홀도 보고, 주방에서 밥도 짓고, 주로 배달을 뛰었다. 세계에서 제일 가벼운 배달 용구, 대한민국 여성들이 즐겨 쓰는 똬리 한 개가 그이의 벗이었다. 헝겊으로 만들어서 머리에 사뿐 이고는 밥상을 몇 층이고 쌓았다. 까딱없다고, "우리 친정엄마는 보리쌀 두 말도 이고 20리 장을 50년 봤다"고 별일 아닌 듯 말하던 여사장님이 생각난다. 똬리를 하나 만들면 3개월 만에 너덜너덜해져서 다시 만들어야 한다고 했다. 시장 안에 친한 봉제 작업실이 많아서 두어 개씩 만들어온다고 했다.

"척추측만증인가 뭔가에다가 목 디스크에 허리도 디스크, 무릎엔 관절염. 아주 박살이 났어. 의사가 기막혀하더라고. 이 지경이 될 때까지 뭐 하셨냐고 말이지."

몇천 원짜리 밥 팔아서 모은 돈으로 아파트 들어간다고 좋아하던 이 부부는 이제 한계를 넘었던 노동의 후과를 겪는다. 역습을 받는 중이다.

"이 가게 월세 15만 원에 얻어서 집도 없을 때라 야매 다락방에서 2년을 살았어. 애도 여기서 학교 다녔지. 화장실이 없어서 아침에 주방에서 세수하고 학교 갔다니까."

'야매 다락방'이란 적산가옥이나 단층 가게 내부에 불법으로 2층 구조물을 넣던 관행을 말한다. 1970~80년대까지만 해도 그런 다락방에서 손님을 많이 받았다.

사장님이 넋두리처럼 뭔가 중얼거리는데 새겨들으니 기가 막힌다.

"내가 돌솥비빔밥을 하자고 해서 그래. 그게 죄야."

1990년대부터 돌솥비빔밥이 유행했다고 한다. 이 집 저 집 다 하는데 안 할 수 없어서 메뉴에 넣었다. 시장 점포에서 밥을 시키면 점포당 2~3인분이 보통이다. 서너 상을 한 번에 배달해야 효율적이다. 문제는 돌솥이다. 몇 상 모이면 돌솥 5~6인분이 한 번에 나갈 때가 잦았다. 돌솥 자체 무게만 1킬로그램이 훨씬 넘는다고 한다. 그렇게 누적된 무게가 여사장님의 목과 척추를 주저앉혔다. 왜 아니겠는가.

이제 그런 여사님들, 배달 아주머니들 보기도 힘들다. 거의 은퇴했고, 충원도 안 된다. 3층으로 겹겹이 쌓은 상을 머리에 이고, 시장 골목에서 서커스하듯 인파 사이를 누비던 여사님들이 경추와 척추 부상을 입고 은퇴하셨다. 한 세상의 풍경화가 사라졌다. 그런 건 안 보아도 괜찮은 그림이다.

"여사장님 나오시면 다녀갔다고 해주세요. 그나저나 이제 배달은 누가 해요."

"잘 가셔. 배달은 못 해. 가게도 그만해야지. 시장도 불경기고 배달 밥도 잘 안 시켜. 뭣들 자시는가……."

나오는데, 벽에 "돌솥비빔밥 8000원"은 그대로 붙어 있는 게 보였다. 8000원.

소금 안주에 마시는
인생 마지막 술

지방 도시의 낡은 시장 골목을 걸었다. 시장 골목은 그 고장 사람들이 쌓아놓은 세월의 퇴적층으로 이루어져 있다. 사람 말고는 거기 아무것도 없다. 대폿집과 실비집은 이제 천연기념물이 되어간다. 통계를 내보나마나 대폿집 주인이나 손님이나 같이 늙어간다. 그들의 평균 나이는 이제 일흔을 웃돌 것이다. 페인트로 쓰거나 셀로판지로 붙인 간판, 그것들은 내구성이 나빠 글자가 멋대로 일어나서 떨어져버린다. 멀리서 보면 '술ㅊ지'로 보인다. 가까이 가면, 빛 흐린 시장의 골목이지만 간신히 탈락한 음소들을 채워 넣어 읽을 수 있다. 떨어져 나간 자리에 흔적이 있기 때문이다. '술천지'다.

그렇게 나는 술천지에 들어갔다. 아무도 없다. 딱 두 평 남 짓 공간이 전부다. 탁자 하나, 간이 싱크대 하나. 탁자에 막걸 리가 두 병. 주인이 오겠거니 하고 냉장고에서 막걸리를 찾는 다. 아니, 냉장고가 없다. 술집을 하지 않나 보다. 주섬주섬 일 어나려는데 지긋한 아주머니가 들어선다.

"장사 안 하시나요. 나가려던……."

"앉아요. 마시게?"

"술천지는 무슨 뜻이에요?"

술이 샘솟는 집. 나는 그쯤 해석을 붙이고 있었다.

"말 그대로 술이 천지인 집이야."

이제 손님은 오지 않고, 술도 천지가 아닌 집이 되었다.

"술이 없네요."

"드세요. 잔 내줄게."

탁자 위의 막걸리를? 이 미지근한 상온의? 제주에선 '노지 소주'라고 상온에 마시는 소주가 있다지만.

"옛날엔 다 상온에 마셨어요. 막걸리를 말통으로 받아 쓰는 데 땅에 파묻어 팔았지. 냉장고가 어딨어."

소주가 차가운 냉장고에 들어간 건 빨라야 1970년대 후 반, 서울 같은 대도시의 유행이었다. 내 기억으로는 그렇다.

1970년대에는 아버지가 다니시는 술집에 가면, 시렁 같은 선반에 노란 딱지의 '진로 소주' 병이 나란히 진열되어 있었다.

차가운 소주의 유행은 그 엉터리 맛 때문이라고 생각한다. 주정이 좋지 않으니 맛이 고약했다. 요즘처럼 세련된 블렌딩(?) 기술도 없었으리라. 그래서 차갑게 해서 툭 털어 넣는 게 그나마 소주를 잘 마실 수 있는 방법이었을 것이다.

"우리 집은 소주도 안 팔아. 손님이 전부 노인이야. 막걸리나 겨우 마시지. 나이가 팔십들이니까. 여기 미지근한 막걸리를 마셔요, 다들. 배가 안 좋으니까 차가운 술은 못 해. 안주도 우린 없어. 소금 집어 먹어. 막걸리는 밥인데 뭐 안주가 필요하남."

소금 안주에 인생 마지막 시기의 술을 마신다, 노인들이. 냉면집에는 노인들 메뉴가 있다. 거냉(去冷)이라고. 냉기를 제거하고 나오는 냉면이다. 차가운 게 버겁기도 하고, 거냉해서 미지근한 냉면이 맛을 더 잘 표현하기도 한다. 거냉 냉면 드시는 분들은 그래서 미식가라고도 한다. 미지근한 냉면이란 말은 성립하지 않겠지만.

"뭐 기초연금 나오는 날은 손님이 많고, 아닌 날에는 적고. 안주는 어디서 사올게. 사다 드시던가. 두부를 부쳐달라고? 우린 그것도 이제 안 하는구먼. 라면은 더러 끓이지만."

가게 구석 진열장에 삼양라면 댓 봉지가 쓰러질 듯 놓여 있다. 아주머니는 전병을 사러 갔다. 사각사각한 무가 들어 있는 전병에 미지근한 막걸리를 마셨다. 이건 또 신세계네.

"아주머닌 강원도 사투리를 안 쓰시네요."

"응. 나는 경기도 사람이야. 시집을 왔어요. 양은 파는 행상 아저씨가 중매를 했는데 와서 보니 화전민이야. 옥수수, 감자밖에 없더라고. 먹고살 길이 막막했어. 장까지 50리를 걸어가야 해. 내다 팔 게 뭐 있어. 옥수수 쩌서 내다 팔려면 시어머니가 뭐라고 해. 장에 가서 비누도 사고 애기들 것도 사야 하는데 팔 게 없어."

"아저씨는요?"

"어린 애기들 놔두고 돌아가셨어."

"청상과부가 되셨구나. 아이고."

미지근한 막걸리가 목을 타고 느리게 넘어간다. 차갑지 않으니 목넘김이 좋다. 옛날 농주가 그랬을까. 나도 거냉의 나이가 되는 것일까. 혼자 웃었다.

"어쩌다가 하여튼 마을을 떠났어. 애기들 들쳐 업고. 도시가서 살자, 애기들 살리자, 그랬어. 어머니 모시고 그렇게 나왔어. 밤에 나오는데 엄청 추웠어. 바람이 산골에 들이치니까 설움더라고. 평평 울면서 오는데 눈물이 뺨에 다 얼어붙어. 어머니가 말을 시키는데 눈물이 입술에 붙어서 얼어갖고 대답을 못 했어."

나는 막걸리를 거푸 마셨다.

"내가 그래서 벽돌을 졌어."

"예? 곰방(공사장에서 벽돌과 자재를 져 나르는 일)을 하셨다고요? 이렇게 체구도 작으신데."

아주머니, 아니 할머니하고도 한참 할머니인 그이는 작고 아담했다.

벽돌 곰방은 보통 일이 아니다. 옛날 어지간한 공사 현장에 승강기가 있을 리 만무. 합판으로 만든 지게에 벽돌을 차곡차곡 쟁여 지고 올라간다. 그것도 아슬아슬하게 판자며 쇠로 만든 간이 계단을 타고. 그러다가 발을 헛디디면 상상도 못 할 일이 벌어진다. 산재 통계에도 안 잡히는 사고가 났다. 그 시절, 건설 노동자가 무슨 통계에 들어갔겠는가. 산재라면 큰 기계 돌리는 사업장에서나 있는 일이었다. 건설 현장에서 추락하면 그냥 동네 사고였다.

"내가 마흔 장씩 졌어. 많이 져야 돈도 많이 받아. 그걸로 애기들 먹이고 다 했지. 애들이 너무 고마워. 다 잘 자라서 한몫씩 해요. 먹고살아. 이 가게에서 애기들이 학교 다녔어. 요기

2층이 다락방이야. 아침에 밥 먹이면 여기서 씻고 학교 갔지. 옛날엔 온갖 음식을 이 좁은 데서 다 했으니까 수도도 있고 그랬지."

그 좁은 두 평짜리 가게의 2층 방에서 살림을 했다.

"이 동네 ○○병원, ○○아파트, ○○호텔도 내가 지었어. 15층까지 곰방이야. 벽돌 마흔 장. 완공날 받아놨다고 해서 마지막에는 밤새워서 벽돌을 날랐지."

그이의 관절을, 허리를 무너뜨려서 지은 호텔이 지금은 폐업 위기다.

"옛날엔 제일 좋은 호텔이었는데 오래됐으니까. 내가 지었으니까 마음에 짠하지. 길 가다가 높은 건물이 있으면 그냥 보이지 않아. 계단도 보이고, 비계(건물 외벽에 설치하는 임시 작업대)도 보여. 짓는 모양이 눈에 다 보이는 거지. 저 안에서 사람들이 벽돌 지고 날라서 미장하고 조적(벽돌 쌓기)해서 건물이 들어서는 거지. 사람들은 몰라. 우리가 뼈 빠지게 져다 날라야 건물이 된다는 걸."

시장통에 가게를 하나 얻었다. 만 원 주고 대폿집이라고 페인트로 써 붙이고 장사를 시작했다. 드럼통 두 개를 고쳐서 탁자로 놓았다. 음식 솜씨가 좋아 장사가 잘됐다. 그렇게 해서 벌써 50년이다. 어디 번듯한 가게들은 노포라고 칭찬도 받는데 이 집은 찾아갈 수도 없는 시장 구석에 반쯤 없는 듯 있다.

"나는 밥을 안 먹어. 라면만 가끔 먹어. 그래도 이렇게 잘 살아 있잖아요. 라면만 먹어도 살아, 사람은. 벽돌 질 때도 뭐 먹고 지었나. 깡으로 지는 거지, 살자고 지는 거지. 그러면 다 살게 돼."

낮술이 취한다. 걸어 나오는데 그이가 지었다는 늙은 관광 호텔이 간신히 숨을 몰아쉬며 서 있다. 미지근한 시간이 또 이 지방 도시를 채우고 있다.

3

추억의 술, 눈물의 밥

굶으며 혀가 자랐다

그해는 겨울방학이 길었다. 중동전쟁 때문이었다. 기름값이 치솟으면서 초겨울에 이미 방학을 예고했다. 70일짜리 기록적인 겨울방학을 했던 것 같다. 교실 난로에 공급하는 조개탄 양을 반으로 줄였다. 석탄창고에 가는 주번들이 다른 반 아이들과 싸웠다.

"소사 아저씨들이 빠께쓰에 반도 안 채워줘."

저학년들은 소사 아저씨들, 그러니까 학교에서 잡무를 봐주는 분들이 석유를 가지고 다니며 불을 피워줬다. 고학년이 되면 약간의 장작으로 알아서 불을 살려야 했다. 아이들이 돌아가며 하는 담당 주번의 몫이었다. 불을 제대로 피워내지 못

하면 선생님과 아이들에게 핀잔을 들었다. 조개탄 반 양동이로 하루 난방이 되지 않았다. 선생님은 그 빼곡한 교실에 아이들이 움직이고 장난치고 들끓어서 공기가 매울 지경이 되어도 좀처럼 창문을 열지 말라고 했다. 난로 열이 빠져나가는 걸 막으려는 의도였다.

하여튼 그런 교실에서 모자란 대로 조개탄을 땠다. 날씨는 지랄 맞게 추웠다. 난로에서 먼 자리는 4교시가 되도록 손이 곱아서 연필 글씨를 제대로 쓸 수 없었다. 아침에 이미 몸이 얼어서 등교했다. 등굣길에는 하필 바람이 매서운 하천 다리를 건너야 했는데, 왜 볼을 감싸는 모자 하나 장갑 하나 변변하지 않았는지 잘 모르겠다. 칼바람이 소맷부리를 파고들었고, 볼은 얼얼해서 감각이 없었다. 그때 언 살이 자주 터져서 약국에서 '글리세린'을 사다가 발랐다.

학교는 멀고도 멀어서 거의 한 시간을 걸었다. 서울에서 그렇게 먼 등굣길이 있을 수 있냐고 누가 그럴까 봐 스마트폰으로 현재 거리를 재보니 4킬로미터가 넘는다. 아이 걸음에 한 시간을 꼬박 걸을 수밖에. 내가 지금도 참 잘 걷는데 그때 단련된 걸음이 아닌가 싶다. 하기야 나중에 들으니 시골에서 20리 산길을 걸어 통학하던 친구들도 있었다. 살려고, 배우려고 다 기를 쓰던 시대였다. 아버지가 150원, 300원 하던 육성

회비만 내주면 얼마든지 다닐 수 있었다.

　방학이 되지 않았는데 학교를 며칠 못 갔다. 아직 정정하신 어머니가 이 책을 읽게 되면 뭐라고 하실 게 분명한데, 그래도 이걸 써야 마무리를 할 수 있겠다. 이 글 뒤에서 '오함마에 무너진 시멘트 밥' 이야기를 하겠지만 이번에는 그나마도 못 먹었던 '결식'의 기억이다. 친구들에게 술 한 잔 마시며 몇 번 얘기를 했다가 본전도 못 건진 사연이기도 하다.

　"설마, 아주 초를 쳐도 어지간히 치고 양념을 해도 적당히 해라. 무슨 70년대 서울에서 밥을 굶냐."

　그랬다. 내가 그때 제일 바랐던 건 '영세민'이었다. 요즘으로 치면 기초수급자쯤 되는. 그때도 '동회(주민센터)'에 영세민 등록이 되면 철마다 연탄 몇 장, 수제비 떠 먹으라고 독수리표 2등급 갈색 밀가루가 한 포쯤 나왔다. 굶어죽지 않게는 해주었다. 자세한 사정은 모르겠으나 우리 어머니는 죽어도 영세민 등록은 하지 않았다. 동네 창피한 일이었기 때문이다. 체면에 평생을 걸고 사시는 분이니, 지금은 이해가 간다.

　참혹한 결식은 몇 번 있었다. 그냥 양식이 없어서 굶었다. 배가 고프니 그냥 단칸방에 온 식구가 누워 있었다. 물론 살려고 무엇인가 하기는 했다. 처음에는 어머니 한복을 팔았다.

어머니는 체면으로 산 분이라고 했는데, 나중에 몇 번인가 내게 그 기억을 말씀하시며 괴로워하셨다.

"네 큰 누이에게 그걸 맡겼더니라. 참 미안하지. 그 어린 게 척 보따리를 들고 가서 몇백 원인가 받아왔니라."

그러니까 당시 초등학교 3학년인가였던 누이가 한복을 싼 보따리를 들고 전당포에 가서 돈으로 바꿔 온 것이었다. 그때는 전당포가 도처에 있었다. 사람들은 돈이 궁하면 물건을 잡혔다. 그때는 흔한 말이 '잡혀 먹었다'였다. 전당포에 시계든 양복이든 한복감이든 라디오든 무엇이든 갖다 맡기게 되는데 대개는 다시 찾을 수 없어서 잡혀 먹는다고 했다. 전당포 이자는 엄청난 고리이고, 다시 찾을 돈이 생길 만한 사람이라면 애초에 전당포를 드나들지 않았다.

한복과 옷가지를, 나중에는 아버지가 애지중지하던 우표책을 누나가 시내에 가서 돈으로 바꿨다. 지금도 이름을 기억하는 ○○우표사였다. 아버지는 "리승만 박사 취임 기념우표도 있고, 귀한 우표가 그리 많은데 겨우 3000원을 줬다"고 우표사를 책망했다. 그러거나 말거나 돈을 준 게 어디인가. 그날은 밥을 먹을 수 있는데.

겨울이었다면 그날 반찬은 이랬을 것이다. 우선 기름이 도는 큰 동태를 한 마리 토막 쳐 사서 무와 고춧가루를 듬뿍 넣

고 벌겋게 양은 냄비에 끓인다. 애들은 보통 생선 대가리를 안 먹는데, 나는 그때 이미 동태의 모든 걸 알았다. 지느러미를 빨면 미끈한 것(젤라틴)이 나와서 맛있고, 동태 대가리에 붙은 볼 살은 쫀득하며, 대가리 위쪽에는 꽤 많은 살이 붙어 있고, 심지어 아가미도 피를 머금고 있어서 비리고 진한 맛이 있다는 걸 말이다. 어머니가 뿌린 미원이 녹아 혀가 아닌 국물의 맛도 그때 이미 다 깨달았다. 동태찌개 맛을 가장 먼저 알아버린 소년이었다.

결식(缺食)이란 한자어의 의미는 '밥을 빼먹는다'는 것이다. 그렇다면 내가 할 얘기는 결식이 아니다. 그냥 통으로 며칠을 굶었기 때문이다. 아버지랑 구멍가게에 가서 마지막으로 외상을 얻으려다가 퇴짜를 맞은 후였다. 온 식구가 이불을 덮고 누웠다. 작은 창밖으로 아침과 환한 대낮과 밤이 인사를 왔다. 하루가 지나가는 루틴이었다. 덮고 있는 이불에서 나는 고유의 냄새도 밥 푸는 냄새 같았다. 나는 누워서 온갖 먹을 것을 상상했다. 학교 앞에서 파는 핫도그를 떠올렸다. 기다란 소시지를 소독저에 끼워서 밀가루 반죽을 돌돌 말 듯이 묻힌 후 쇼트닝이 끓는 직사각형 기계에 가지런히 꽂아 튀기는데, 적당하게 색이 나오면 파는 이가 꺼내서 케첩을 뿌려주었다. 그걸 더 얻어먹으려고 '케첩 많이' 같은 추가 주문을 넣어 봤자 파는 이는 들은 척도 안 했다. 그때는 케첩도 비쌌다. 지금은 길에 가득 트럭으로 부어놓고 뒹구는 토마토 케첩 축제를 할 수도 있겠지만, 그때는 싸구려 케첩도 귀했다. 양을 늘리려고 파는 이는 케첩에 물을 탔다. 그래서 핫도그에 뿌리면 착 붙지 않고 질질 흘렀다. 야박할수록 빨리 흘러내렸기 때문에 재빨리 핥아먹을 마음의 준비를 했다. 케첩의 농도로 우리는 핫도그 장수들의 인정머리를 매겼다. 어린애들이라고 모르지 않았다.

짜장면도, 그리고 한 번도 먹어보지는 못했지만 구경은 해본 난자완스 같은 중국집 요리도 생각해봤을 것이다. 그래도 먹어본 걸 상상하지 그런 요리는 거의 갈망하지 않았을 것 같다. 풀빵도 생각했으리라. 풀빵의 중량과 팥의 함량 같은 게 중요했겠지만, 따지는 건 어디까지나 개수였다. 100원에 몇 개냐, 50원에 몇 개냐.

개수가 중요해서 나온 게 더 작은 국화빵 기계, 더 작은 물방울 풀빵 기계였다. 안에다 연탄을 때면서 둥그런 함석으로 막은 후 위에 주물 철판을 얹어 풀빵을 굽게 되는데 크기가 작아지니까 반죽물을 붓는 틀의 크기도 작아졌다. 수많은 틀을 홀랑 뒤집고 적절히 황금색으로 익었을 때 타기 전에 꺼내고 다시 기름 먹인 헝겊으로 기름칠을 잽싸게 하고 반죽물을 부어 익히는 동작을 반복하는 게 풀빵 장수의 기술이었다.

크기가 작아지니 손이 더 바빠졌다. 한 판에 구멍 열댓 개가 있는 구이 틀이 20개나 30개가 되면 풀빵 장수는 미쳐버리는 것이었다. 게다가 연탄불땜이 세면 아주 난리가 났다. 손이 보이지 않게 뒤집고 꺼내고 봉지에 담아 팔고 셈을 치르느라 얼마나 힘들었을까. 거기에 덤을 요구하는 손님과 실랑이도 벌여야 했고, 풀빵 틀 옆에 흘린 반죽물이 익어서 갈색이 되면 훔쳐 먹는 새끼들 단속도 해야 했다.

하루쯤은 시간의 흐름을 느낀다. 그러다가 이틀이 되고 사흘이 되면 기억이 가물가물해진다. 의식도 몽롱해진다. 이틀인가 굶고는 어머니가 부엌을 샅샅이 뒤져서 마른 강낭콩을 찾았다. 소금 넣고 삶았는데, 주린 창자가 다 설사로 내보내고 말았다. 나는 지금도 강낭콩을 싫어한다. 부잣집에서 먹던, 기름기 도는 하얀 쌀밥에 넣은 까만 콩만 좋아한다.

사흘을 넘기고 의식이 오락가락할 때 무얼 팔았는지, 아니면 어디 다른 가게를 터서 외상을 얻었는지(이미 단골 구멍가게에서는 더 이상 외상을 주지 않았으므로) 롯데라면 덕용 두 봉지를 아버지가 구해왔다.

덕용 라면은 일종의 대형포장으로 라면 다섯 개가 그냥 한 봉지에 담겨 있는 제품을 말한다. 덜 사용한 포장지 값만큼 값이 쌌다. 그게 두 봉지니까 라면이 열 개였다. 그 정도 양을 한꺼번에 끓일 솥이 없어서 들통에 끓였다. 그걸 먹고는 며칠을 복통으로 고생했다. 밥을 굶다가 기름진(?) 라면을 급하게 먹어서 그랬던 것인지, 아니면 라면 상태가 나빠서 그랬던 것인지는 모르겠다. 여름이어서 그랬을 것이다. 라면에서 아주 역한 기름내가 났다. 굶으니 냄새에 아주 예민해져서 생생하게 그걸 느꼈다. 이른바 튀긴 라면의 기름 산패 냄새였다.

나는 결국 라면으로 살아났다. 죽지 않고 산 것으로 다행이었다. 도시에는 그렇게 굶는 사람들이 많았다. 외로운 도시라 그랬을 것이다.

문간방 여섯 식구
밥솥의 운명

　지금이야 최근 주소지만 프린트하는 '옵션'이 있지만 옛날에 주민등록 등본이나 초본을 떼면 정말 대단했다. 이사 다닌 흔적이 고스란히 적혀 있었다. 주민등록증 뒤에도 날카로운 펜에 잉크 찍어서 동사무소 직원이 멋진 글씨로 새 주소를 적어 넣던 시절이었다. 여담이지만, 옛날 남자 주민증에는 병역란도 있어서 계급과 주특기를 써넣었다.

　한동안 등본, 초본을 내라고 하면 아주 힘들었다. 앞뒤 한 장으로는 부족해서 두 장이나 되었기 때문이다. 동사무소 직원은 면구스러워하는 내게 스테이플러로 등본을 찍어주면서 이렇게 말한 적도 있다.

"괜찮아요. 어떤 사람은 열 장이 넘는 경우도 있었어요."

주민등록 등본 열 장이 넘도록 이사한 사람은 누굴까, 뭐 하는 사람일까. 그때 물어봤어야 했는데. 누가 그러던데 집장수이거나, 뭔가 대출받아주는 대리인이었을 거라고.

그렇게 이사를 많이 다닌 건 당연한 얘기지만, 가난해서였다. 요새처럼 임대차보호법이 제대로 있는 것도 아니라서 집주인이 수틀려서 나가라고 하면 나가야 했다. 물론 계약서대로 버티려면 버틸 수도 있었겠지만 우리 집은 좀 예외였다. 늘 월세가 밀려 있었기 때문이다. 아직 어려서 혀 짧은 내가 돌쟁이 동생에게 가르친다고 하는 말이 이랬다고 한다. 지금도 어머니는 추억하면서 마음 아파하신다. 웃기기도 하는 일이고.

"일쭈! 독쪽! 딸라!"

무슨 말인지 모르는 분들은 연식이 쌩쌩하거나 가난을 겪어보지 못한 경우일 거다. 번역하면 '일수, 독촉, 달러 이자'다. 일수는 매일 갚아나가는 사채의 일종이고, 독촉은 문자 그대로다. 집주인의 독촉이 얼마나 잦았으면 어린 내게 인이 박인 말이 되었을까. '딸라'는 하루 1퍼센트짜리 고이자 사채를 말한다. 달러는 비싼 외화다. 그러니 높은 이자를 달러라

고 했던 것 같다. 좀 인간적인 변종으로 '반딸라'도 있다. 0.5
퍼센트다. 하루에. 대체로 이런 사채는 선이자를 떼고 이자와
원금을 복리로 매기고 연체를 과다 계산하는 등 실제 예상보
다 훨씬 이율이 높다(그러니, 길에서 지라시 보고 전화하면 안 된다.
아, 요샌 이자제한법이 생겼구나. 대한민국 좋은 나라다).

  가까운 곳에 너른 솔밭이 있었으며, 한강으로 흘러 들어가
는 큰 개천도 있어서 제법 살기 좋은 동네에 여섯 살까지 살
았다. 마당도 있는 집이었다. 그런데 문제는 독채가 아니라
문간방이었다는 사실. 우리 여섯 식구는 바글거리며 방 하나
에 살았다. 부엌이 좁아서 날이 더우면 어머니는 마당에 흙으
로 구워 만든 간이 연탄 화덕을 놓고 요리를 하셨다. 이런 별
도의 독립형 연탄 화덕은 방에 불을 넣고 요리도 하는 연탄
아궁이 말고도 추가로 필요했고, 특히 더운 여름에 유용했다.
삼복에 밥하자고 아궁이에 불을 넣을 수는 없으니까.
  연탄 화덕은 구멍이 19개인 '19공탄'이 두 장 들어간다. 불
조절은 아래에 함석으로 된 바람 조절 구멍이 있었는데, 그게
부서지는 경우가 많았다. 연탄가스가 독해서 함석 따위는 금
세 삭아버렸던 것이다. 그러면 못 쓰는 장갑이나 걸레 따위로
틀어막는데, 그 섬유의 공기 투과 성능을 고려하여 막을 때

힘 조절을 잘해야 했다. 잘못하면 연탄이 꺼지고 낭패를 봤다. 제시간에 저녁밥을 못 먹을 수 있었다. 그때는 숯을 사다가 피워 넣었다.

그런 번거로움을 일거에(?) 해결해준 것이 바로 번개탄이다. 번개탄이 출시되자 전국의 숯 굽는 가마들이 파산 위기에 처했다. 이 상황을 구원해준 것은 돼지갈빗집이었다. 1970년대에 양돈가가 급증하고, 돼지갈비 생산이 늘면서 전문 구이집이 전국에 퍼졌다. 삼성이 용인에 돼지 사육장을 세운 것도 그즈음이다. 용인 자연농원(지금의 에버랜드)이다.

원래 돼지갈비는 실비집과 한식집의 안주 메뉴 중 하나였다. 삼겹살도 비슷한 길을 걷는다. 의외로 돼지갈비·삼겹살 전문집은 노포가 거의 없고, 있어도 역사가 짧은 편이다. 독립형 또는 이동식 연탄아궁이는 내가 중학생이 될 때까지 써서 아주 친숙하다. 보통 가정용은 19공탄, 업소용은 더 큰 22공탄, 25공탄을 썼던 것 같다.

별걸 다 기억한다고 하실 텐데 당시의 어린이들은 중동전쟁으로 석유파동이 나서 겨울방학을 70일씩 받았으며, 에너지에 대해 아주 각별한 지식을 갖고 있었다. 풍로에 석유 자바라를 쓰는 법, 배달해주는 기름은 실제로 20리터들이 통이 아니라 15~16리터짜리라는 것도. 물론 돈은 20리터로 쳐서 받았다. 배달비를 따로 받지 않고 그렇게 기름 양을 줄여 팔았다. 그러니 일부러 기름집까지 20리터짜리 통을 두 개 들고 가서 직접 받아오곤 했다.

한 푼이라도 아껴 살았다. 중학생 정도만 되면 그렇게 20리터짜리 통 두 개쯤은 들고 고개를 오르곤 했다. 빙판에 연탄재를 깨서 끼얹은 그런 고갯길을 제대로 된 장갑도 끼지 않고 소년들이 석유를 날랐다. 힘은 들지, 손가락은 시리지. 제길.

하여간 그 집에 사는데, 어느 날 어머니가 급히 짐을 쌌다. 월세는 이미 몇 달 밀려 있었지만 그렇게 갑자기 짐을 쌀 줄은 몰랐다. 가재도구라고 해봐야 별 게 없었다. 알루미늄으로 된 커다란 궤짝이 기억난다. 한동안 우리 집 이사에 큰일을 하던 놈이었다. 홑청으로 싼 이불짐에 밥상과 부엌 도구들이 전부였을 것이다.

어머니는 급작스러운 퇴거 요구에 적이 놀랐다. 안 그래도 뭔가 조짐이 좋지 않았다. 저녁마다 주인집 안채에서 사람들이 모여 찬송가를 불렀다. 그러더니 결국은 그 집이 통째로 미니 교회가 되었다. 리어카에 이삿짐을 싣고 나오는데, 집구석에 둔 유리구슬과 딱지 생각이 났다. 그걸 가지러 다시 들어갔더니 주인아주머니가 호통을 쳐서 못 들어오게 막던 기억이 난다.

어머니는 그 집에서 양은 솥밥을 자주 지었다. 어머니가 놋쇠 그릇을 들고 동네 어귀의 개울에서 양잿물로 닦던 기억도 있는데, 유행을 따라 어머니도 양은으로 '개비'를 했던 것 같다. 양은 솥은 아주 얇았다. 찌개도 빨리 끓고 해서 비싼 연료 시대에 유용했다. 하지만 빨리 삭았고, 구멍도 잘 났다. 그래서 "솥 때워요!" 하는 땜장이 아저씨들의 활약이 바야흐로 넘쳐났다. 그때 쌀독에 그득 쌀을 쟁여두는 집은 별로 없었을 것이다. 어느 집이나 변두리 동네는 누런 봉투로 쌀가게에서 한두 되나 겨우 쌀을 사서 먹었다. 쌀가게는 멍석 같은 큰 판에 쌀을 부어두고 정부미, 일반미 아키바레(추청)로 나누어 쌀을 팔았다. 쌀보다 잡곡이 더 많이 팔리던 시절이었다.

어쩌다 하얀 쌀을 한 됫박 사서 어머니가 양은 솥에 밥을 지은 날이었다. 내가 밖에서 놀다가 어둑해져서 귀가하는데 구수한 쌀 냄새가 번져왔다. 주인집 퍼런 대문 밖까지 마치 구름처럼 밥 냄새가 뭉글뭉글 넘어왔다. 한두 번 사 오셨던 '명동 영양쎈타' 통닭 기름내는 아버지의 냄새였고, 양은 냄비 밥의 구수함은 어머니의 냄새였다.

우리 집은 이사를 거듭하며 몇 해 지나서 전기밥솥 시대로 넘어왔다. 코미디언 배삼룡이 선전하던 유니버셜 전자보온

밥솥을 월부 장수에게 들였기 때문이다. 그 밥솥은 우리 가족이 다시 이사의 운명에 내몰리면서 '오함마(큰 해머)' 맛을 보게 된다. 이사 간 어느 집에서 주인이 퇴거명령을 내려도 우리가 나가지 않자 오함마를 든 인부를 불렀다. 우리가 살던 문간방의 바깥벽은 부엌의 외벽이기도 했는데, 오함마질에 풀썩 시멘트벽이 무너지고, 내 점심이 들어 있던 유니버셜 전자보온밥솥 위로 회색 시멘트 가루가 가득 내려앉았다.

나는 콘크리트 유탄으로 난리가 난 부엌에서 발굴하는 심정으로 밥솥을 찾아냈다. 너무도 배가 고팠기 때문이다. 뚜껑을 열자 밥솥을 덮고 있던 시멘트 가루가 밥 위로 우수수 떨어졌다. 시멘트 가루가 뿌려진 밥은 버석거렸고, 시멘트 맛이 났다. 어린 마음에도 그냥 분했다. 그때 엄마는 어디 갔을까. 차가운 맨밥을 씹으며 엄마를 기다렸다. 휑하니 뚫린 부엌 벽 밖에서 동네 애들이 나를 들여다보았다.

카레 냄새가 나던
일요일에는

　고택골(지금의 은평구 신사동 일대)은 서울 도시빈민의 마지막 집결지였다. 여기서 더 밀려난다는 건 서울시민의 자격을 잃는 걸 의미했다. 그까짓 서울시민이 뭐 그리 대단하냐고 하겠지만, 1960~70년대 서울행 러시는 단순히 먹고사는 문제가 아니었다. 이미 우리 민족은 서울에 모든 걸 걸곤 했다. 모로 가도 서울로만 가면 됐으니까.

　고택골은 서울 서부 지역의 마지막 보루였다. 거대한 공동묘지가 파헤쳐지고, 마구잡이로 주택이 들어섰다. 인구 100명당 화장실이 하나쯤 있었다. 부랑자에게 퍼런 죄수복 같은 걸 입혀서 강제수용하고 노동시키는 갱생원과 법적 고지 기한

이 남아 있어서 강제로 이장하지도 못하던 무연고 묘지가 있던 동네. 당시 서울 최대 산업단지인 구로공단에도 들어가지 못한 수상한 공장도 많았다.

한번은 동네 형이 죽었다. 유제두가 와지마 고이치와 WBA 주니어미들급 타이틀전을 할 무렵이었던 것 같다. 그 형은 낡은 방석 솜뭉치를 말아서 만든 장갑을 끼고 벌이는 동네 타이틀매치 6학년부의 챔피언이었다. 빠른 상대방에게 연타를 맞으며 코피를 흘리다가도 허버트 강이나 오영일처럼 라이트 훅 한 방으로 게임을 역전시키던 강골이었다.

"○○이가 죽었대."

소문은 빨리도 퍼졌다. 그 형의 아버지는 두 집 살림을 사는 사람이었다. 동네 여자들이 은근히 멸시하던 집의 아들이었다. 그 형의 아버지가 통곡하는 소리를 들었다. 경찰이 오고, 하얀 옷을 입은 사람들이 와 있었다. 잠바를 입은 형사 같은 아저씨들도 있었다. '박카스를 먹고 죽었다'는 소문이 쫙 퍼졌다. 나는 아랫도리가 무너지는 기분이 들었다. 혹시 오줌을 쌌는지 바지를 만져보았다.

"야, 저거 박카스 아니냐?"

얼마 전 그 형과 동네 공장 옆을 걸어갈 때였다. 허름한 벽돌로 대충 지은, 무얼 만드는지 모르는 공장 바람벽 밖에 박카스 병 같은 게 몇 개 놓여 있었다. 자세히 보니 박카스는 아니었고, 〈수사반장〉의 최불암이 선전하는 원비디도 아니었다.

"먹어볼까?"

나는 그러지 말자고 했다. 하지만 그날 밤 박카스를 먹어보지 못한 게 너무도 아까웠다. 버린 것이 분명하니 공짜였으니까. 그러고는 박카스를 잊었다. 그런데 그 형은 기어이 그걸 마셨던 것 같다. 아마도 무슨 독한 약품이었을 거라고 생각한다. 잘못 만들었거나 유효기한이 지난 걸 공장 밖에 아무렇게나 던져두었을 것이다. 그 공장 밖으로는 늘 거품이 부글거리는 물이 개천으로 흘러들곤 했다.

공장이 있으니 '공돌이', '공순이'가 있었다. 그네들이 동거하는 일도 흔했다. 동거라는 어려운 단어를, 우리는 일찍이 알았다. 동네 여자들의 뒷담화를 펌프가에서 듣는 건 너무도 쉬웠다. 공동주택의 몇 개 방은 동거하는 어린 공원들 차지였다. 아직 사람의 형상을 다 갖추지 못한 태아가 개천가에서 발견되곤 했다. 그런 건 너무도 흔해서 아무도 신고하지 않았고, 동네 일 하는 사람들이 슬쩍 집어서 처리해버렸다.

공원들 말고도 수상한 사람들이 몇 달씩 세 살러 들어오는 동네였다. 학교 갔다 와서 방에 앉아 숙제를 하노라면 뒷창문 쪽에서 동네 아주머니들이 나누는 온갖 동네 뉴스를 들을 수 있었다. 들을 의도가 없어도 너무도 잘 들렸다. 그날의 주제 는 문간방의 아무개들이었다. 안 그래도 나 역시 몇 주간 신 경이 쓰이던 사람들이었다. 내 또래의 모르는 애들이 눈치를 따박따박 굴리면서 우리 공동주택에 드나들었기 때문이었 다. 차림새나 표정이 여간내기들이 아니어서 텃세를 부리지 도 못하고 눈치만 살폈다.

그 애들이 문간방에 산다는 건 냄새 때문에 알게 됐다. 어 느 휴일, 맛있는 카레 냄새가 나는 게 아닌가. 카레는 주로 좀 사는 집의 일요일 별식이었다. 오뚜기 카레가루가 유행하기 시작하던 때였던 것 같다. 이내 없는 집에서도 카레를 해 먹 었다. 감자와 양파, 당근이 전부였다. 운이 좋으면 소 비계라 도 넣어서 해 먹는 집이 있었겠지만 흔한 일은 아니었다. 양 은 냄비에다가 식용유를 붓고 감자와 양파를 볶은 다음 풀어 둔 카레가루를 넣고 끓이는 카레는 냄새가 훅 퍼져서 어느 집 에서 해 먹는지 금세 알 수 있었다.

문간방에서 카레 냄새가 났다. 보통은 어머니가 할 일이었 을 텐데, 내 또래 애들 서넛이 좁은 부엌에서 석유풍로에다가 카레를 만드는 게 좀 이상하다는 생각은 했었다.

"글쎄, 그 인물 좋고 훤한 놈 있잖아. 개가 왕초래."

"그랬구나. 밤마다 아주 애들을 반 잡더라고. 애들은 울고 빌고 그러더라고."

"그럼 그 예쁜 여자애가 왕초 부인이야?"

"부인은 무슨. 동거녀지. 애들이라니까. 왕초란 애도 스물이 안 되었대."

나는 몇 번 그 여자를 보았다. 스무 살 정도 되어 보였고, 몸에 딱 달라붙는 청바지를 맵시 있게 입고 있었다. 사복을 입고 있으니 스무 살은 넘었을 거라고 생각했던 것이지, 실은 그 여자도 미성년자라는 게 나중에 밝혀졌다. 젊은 동거 커플이 유별난 존재도 아니었던 동네였지만 문제는 그들이 데리고 있던 어린아이들 여럿이었다. 정확히 몇 명인지도 알 수 없었으나 단칸방에 들어갈 수 있을 만큼의 아이들이 있었다. 그러니까, 동거 커플과 대여섯 명의 아이들이 한 방에 기숙하고 있었던 것이다.

어느 날 왕초라는 사내를 봤다. 아직도 나는 그렇게 잘생긴 남자를 본 적이 없다. 이만희 감독의 영화 〈휴일〉에 나오는 신성일을 닮은, 게다가 멋진 도리구치 모자를 쓰고 구레나룻을 단정히 기른 남자였다. 키도 컸다. 양복 '가다마이' 웃옷에

다리에 붙는 단코바지를 입었는데 맵시가 좋았다. 그는 나와 눈이 마주치자 슬쩍 꼬나보듯 눈을 치떴다. 매서운 사내였다.

"원하는 만큼 못 팔면 매질을 하고 욕하고 아주 대단해. 밤마다 무서워서 살 수가 없어. 애들은 불쌍하고."

"신고를 해야지. ○○ 엄마가 해. 반장한테 얘기를 하던가."

어느 날, 잠바 입은 형사들이 왔다.

"씨팔, 좆까. 십새끼들아, 다 죽여버린다!"

막 학교를 마치고 귀가하던 참이었다. 우리 집 펌프가에서 고함 소리가 터져 나왔다. 직감적으로 그 왕초였다. 이미 주택 문 앞에는 동네 사람들이 몰려들었다. 나는 그 틈을 뚫고 펌프가로 들어섰다. 주인집 마룻장에 왕초가 올라서서 소리를 지르고 있었다. 나는 심장이 뛰었다. 왕초는 입가에 피를 질질 흘리면서 짧은 칼을 쥐고 있었다.

"씨팔, 내가 다시 소년원에 가면 개씨팔이다. 좆까."

"어이, 영필이. 없던 걸로 할 테니 조용히 가자고, 응? 칼 내려놔."

"좆을 까요. 씨팔……."

그가 말을 마치기도 전에 어어, 하는 소리가 들렸다. 순식간이었다. 몰래 뒤꼍으로 가서 안방의 뒷문으로 침투한 형사들이 있었다. 왕초의 배후에서 형사들이 뛰쳐나오며 그를 덮

쳤다. 왕초는 죽지 않을 만큼 맞으면서 결박되었다. 그는 계속 쌍욕을 퍼부었다.

나는 며칠 후 펌프가에서 사건의 전말을 들을 수 있었다.

"왕초 개가 소년원에서 도망친 거라네. 애들은 다 고아인데, 껌이랑 신문 같은 걸 팔고 구걸해서 얼마씩 매일 돈을 바치는 식이었대. 아이고, 그 왕초 어린놈이 잘생겼는데 눈에 살기가 있더라니."

"그 동거하는 년은 어떻게 됐어?"

"몰라. 개도 잡혀 갔어. 월세가 밀려서 보증금 남은 것도 없대. 그년이 카레를 좋아해서 왕초가 일요일마다 그렇게 애들 시켜서 끓여다 바친 거래."

나는 한동안 카레 냄새를 맡을 때마다 그 왕초 생각이 났다. 헌팅캡이 그렇게 잘 어울리는 남자는 그 후에도 본 적이 없다. 아, 로버트 레드포드는 빼고.

종로 우미관 개구멍의 추억

인생은 낯선 여행지의 식당 메뉴 같은 거라고 했다. 메뉴판에 적힌 것과 달리 뭐가 나올지 모른다고. 우리는 보통 '꼬였다'고 했다. 인생 꼬였네. 군대 생활 꼬였네. 회사 생활 꼬였네. 꼬인 줄을 풀다 보면 어느새 삶은 풀 수 없는 실타래 같은 거란 사실을 깨닫게 된다. 감자탕을 한 그릇 시켜놓고 소주를 마셨다. 그 꼬인 인생들을 생각하면서.

종태는 아주 눈치가 빠르고, 귀신같은 녀석이었다. 종태 뒤만 따라다니면 먹을 게 생겼고 용돈도 챙길 수 있었다. 중학생 때였는데, 우리는 이미 성인영화를 섭렵하고 있었다. 종로 우미관 3층의 개구멍을 종태가 알고 있었기 때문이었다. 그때 YMCA 뒤편에 우미관이 있었는데, '종로 주먹'이자 나중에 국회의원이 된 김두한이 출몰하던 그 골목 맞다. 원래 우미관은 큰길 반대편에 있었다고 한다. 우미관이 왜 길 건너로 왔는지는 모른다.

우미관 건물 뒤편에 높직한 나선형 철 계단이 있었다. 아마도 비상대피용이었을 것이다. 열쇠로 잠겨 있던 철 계단에 매달려 몇 번 몸에 반동을 주고 거꾸로 계단봉 사이에 다리부터 집어넣으면 작은 중학생 몸이라 계단 안쪽으로 올라설 수 있었다.

그렇게 올라서면 3층께에는 '차기작'을 작업하는 간판실이 있었다. 으음, 다음 영화는 이소룡이군. 그때는 단관 개봉이었고 재개봉관이던 우미관은 대략 2~3주 주기로 영화가 바뀌었던 것 같다.

개봉관, 재개봉관, 삼봉관을 나누는 기준 중 하나는 간판의 그림 수준이었다. 간단히 말하면 주인공이 실제와 얼마나 닮았나 하는 것이었다. 우미관은 재개봉관이니 그림 실력이 좀 떨어지는 게 맞다. 그런데 종태의 말에 의하면 그렇지 않다는 것이었다.

"원래는 단성사에서 그리던 화백님이야. 그쪽과 사이가 안 좋아서 오셨어. 실력은 최고지."

녀석은 아주 우미관 직원처럼 말했다. 개구멍 직원 주제에. 종태는 매점 여직원 누나도 알았다. 어디서 구한 여성지 같은 걸 주고 오징어를 얻어먹기도 하는 사이였다.

그때 우미관에서 영화를 많이 보았다. 당대 최고의 배우는 김추련이었다. 원미경이 가장 뜨는 여배우였던 걸로 기억한다. 김추련·원미경이 주연이었다. 제목은 기억이 안 나고 원미경의 사소한 노출신과 김추련의 찌푸린 이마(그게 그의 트레이드마크였다)만 생생하다. 그 시절 최고로 화끈했던 김호선 감독이 연출했다. 어느 섬에서 두 사람이 사랑을 나누려는 찰나가 딱 하이라이트였다. 그러니까 찰나다. 더 이상의 진행은 관객의 상상에 맡기는 시대였고, 풍속 검열의 기준이었다. 주인공들이 입술을 포개면 암전, 그다음 장면은 남자 주인공이 러닝셔츠를 입은 채 주전자 물을 마시는 게 고작이었다.

아, 코미디언 이주일의 '평양맨발' 시리즈도 거의 우미관에서 보았던 것 같다. 이주일이 얼마나 인기가 있었냐면, 영화가 한 편 걸리고 나서 얼마 안 되어 다른 극장에 또 영화가 개봉했다. 연달아 영화를 찍어댔을 것이다. 제목도 비슷했다. 줄거리도 기억이 안 난다. 이주일이 나오기만 하면 사람들은 일단 웃었다. 오징어를 씹으면서. 이주일 선생님, 그 위에서는 겹치기 안 해도 되고 좀 편하게 지내십니까.

이주일을 실제로 본 적도 있다. 무교동에 '초원의 집'이라는 극장식 디너쇼를 하는 홀을 운영했는데 우리 누나가 거기서 돈가스를 사준다고 해서 따라갔다. 입구에서 '뺀찌'를 당했다. 미성년자는 출입금지였다. 돈가스가 나오기는 했는데, 교복 입은 애가 들어가는 그런 곳이 아니라 성인쇼였다. 캉캉춤 걸도 나오고, 이주일 같은 양반이 스탠딩으로 걸쭉한 야설을 뽑아내는 그런. 종태는 이런 곳도 알았다. 웨이터 형과 알고 지냈기 때문이었다.

내가 처음 감자탕을 먹어본 것도 녀석 덕이었다. 밤 10시가 다 되어 용산역까지 갔다. 영어의 과거분사 활용과 추측·가정의 조동사를 배워야 할 때 우리는 거리에 있었다. 배가 고팠다. 종태는 배고픔을 해결하는 데 선수였다. 낙원동의 300원짜리 해장국집(요새 유명한 노포인 '소문난집'이 그때도 있었다)에도 갔다. 일하는 사람에게 우미관 초대권을 구해 갖다 주면 양이 많아졌다.

용산역의 밤은 휘황했다. 그 거리 앞에는 감자탕집이 두엇 있었다. 그때는 업소용인 커다란 22공탄 연탄을 화력 좋게 때서 그 위에 큼직한 양은 함지를 척 올려놓았는데, 맛있는 양념의 돼지뼈와 감자가 수북하게 쌓여 있었다. 지나가며 보기만 해도 침이 꿀꺽 넘어갔다. 종태는 그런 집도 용하게 알았다.

"이런 데는 끝날 때 와야 돼. 그래야 고기를 많이 줘."

종태는 어디서 구했는지 신문 몇 부를 겨드랑이에 끼고 들어갔다. 가난한 고학생 신문팔이 소년 코스프레였다. 사람들의 동정을 얻는 데 그만한 게 없었다. 과연 감자탕(그때는 감잣국이라고 불렀다) 뚝배기가 하나씩 놓이는데, 뼈는 별로 없고 고기가 수북했다. 밤 12시 통금이 있던 때라 얼른 다 팔고 가야 하는 게 주인 처지다.

감자탕은 오래 끓여서 판다. 시간이 흐를수록 뼈에 붙은 고기 조각이 떨어져 함지 바닥으로 잠수한다. 팔 때 그걸 가늠해서 손님 뚝배기에 고루 담기도록 요령껏 국자질을 하는데, 그래도 부스러기는 다 퍼 올릴 수 없다. 종태는 그걸 노린 것이었다. 타이밍의 귀신이었다. 검은 교복 차림의 소년 둘이 야밤에 신문을 옆구리에 끼고 감자탕집에 왔다고 상상해보라. 아무리 야박한 주인이라도 국자질이 어찌 얕겠는가.

돼지기름에 고춧가루가 풀려서 시뻘건 고추기름 같은 게 뚝배기 위로 철철 넘쳤고, 공룡 등덜미 같은 기다란 뼈대가 하나씩 뚝배기에 꽂혔다. 골수까지 빨아 먹었다. TV 드라마 〈말괄량이 삐삐〉에서 '식인종의 왕' 삐삐 아버지가 하듯이(바이킹 관련 장면이 가끔 나왔다. 스웨덴 드라마여서 그랬던 것 같다).

206

"찬일아, 바닥 고기가 진짜야. 아줌마가 기분이 좋으면 보들살도 준다."

보들살은 아는 사람만 먹는 것이라고 했다. 감자탕에는 등뼈만 넣는다고 알고 있지만 목뼈도 들어간다, 목뼈에 붙은 살점이 살살 녹아서 보들살이라고 한다. 종태의 설명이었다.

그때 소주도 배웠다. 주황색 플라스틱 컵에 25도 진로를 딱 반 병 채울 수 있었다. 내가 지금도 영어의 추측·가정 조동사를 모르는 건 그 소주 때문이다. 아니, 감자탕의 보들살 때문이다.

종태를 다시 만난 건 창신동에서였다. 창신동 일대가 거대한 미싱 임가공 지대로 바뀐 후였다. 걷는데, 뒤에서 윙윙 거친 오토바이 엔진 소리가 들렸다. 좁은 길 비키라는 줄 알고 벽으로 붙어 섰더니 누가 등을 퍽 쳤다. 헬멧을 썼으니 누군지 몰랐다. 종태였다. 헬멧을 벗자 한겨울이라 머리에서 김이 하얗게 피어올랐다. 애쓰고 사는구나.

창신동 시장의 어느 홍어집에 앉았다. 창신동을 걷다 보면 '나나인치, 큐큐, 객공', 뭐 그런 암호 같은 말이 쓰여 있는 작은 가게가 많다. 우리가 사 입는 옷도 이런 곳에서 만든다고 했다. 철저하게 분업화되어 있어서 한 집은 한 가공만 한다고 했다. 단춧구멍만 미싱질하는 집, 깃만 만드는 집, 주름만 넣는 집. 그걸 객공인가 뭔가라고 한다는데, 이렇게 분업하는 작업장 물건을 다음 단계로 연결하는 사람이 있어야 한다. 과거에는 리어카로, 그 후에는 빠르고 정확한 오토바이로 배달을 한다. 어떻게든 다 먹고사는 이 세상. 그도 그 한 자리를 차지하고 있었다. 생활력 하면 종태였으니까. 이 동네 오토바이는 음식 배달은 별로 없다. 대신 커다란 비닐 짐을 싣고 다닌다. 종태도 그 사이에 있다.

"집사람이 미싱사야. 나는 이거 하고. 애는 하나야."

취해서 종태와 무슨 이야기를 더 했는지 기억이 안 난다. 딱 하나만은 선명하다.

"그때 우미관에 갔던 건 영사기사를 해보고 싶어서였지. 너희들한테 얘기는 안 했지만. 너희들이 영화 볼 때 나는 촤르륵 돌아가는 영사기 구멍을 보고 있었어. 하기야 열 번도 더 본 영화였으니까 스크린은 볼 필요도 없었지. 흐흐."

그가 살았던 시네마천국은 이제 없다. 인생의 많은 게 그렇듯이, 희미해지고 헐리고 사라진다. 창신동 시장에서 감자탕을 같이 못 먹은 게 아쉬웠다. 오래 우린 이야기들이 많이 남았는데.

찐개는 맞고 나서
만터우를 먹었다

우리 동네에 살던 친구 '찐개'가 내민 건 만두였다. 오래된 중국집 홀에서 맡던 냄새가 나던. 그전까지는 녀석이 한 번도 내게 주지 않았던 만두. 나는 진짜 만두를 정말 좋아했다. 찐개 같은 '짱꼴라'가 먹는 만두가 진짜라고들 했다. 내 호기심은 더 높아져 갔다. 찐개에게서 최초의 '진짜 중국 만두'를 얻어먹을 수 있었다.

1977년도쯤이었을까. 그와 내가 옆 동네에서 신나게 얻어 터지고 난 후였다. 친해지기 어려웠던 찐개랑 그날 비로소 친구가 되었다. 나의 화교(음식)에 대한 오랜 짝사랑은 그렇게 한 계단 올라섰던 것 같다. '짱꼴라'가 준 만두를 먹었으니까.

그것도 속이 없는 진짜 만두를.

우리가 얻어터진 옆 동네는 '고택골'이라고 불렀다. 무연고 '유택(묘지)'이 많았다. 서울 서대문구 홍제동에 화장터가 있었는데 군이 거기까지 가서 돈 주고 화장을 하느니 이 동네에다 묻어버렸을 거다. 그때 듣기로는 6·25전쟁 때 북으로 퇴각하던 인민군이 남한의 높은 사람들을 사살한 시체들이 묻혀 있다고 했다. 동네 어떤 노인은 6·25만 되면 태극기를 꺼내들고 막걸리를 뿌리며 위령제 비슷한 걸 했다. 입술을 발갛게 칠한 박수무당이 와서 무복을 입고 징징지잉 깨깨갱갱 쇠로 된 악기를 치던 기억도 난다. 붉은 시루팥떡을 얹어놓은 사과 상자(상차림 대용이었을 것이다)도 있었다. 붉은 떡이 무서웠다. 무연고 묘지가 있던 동네였으니, 서울의 바닥이자 마지막 경계에 있는 변두리였다.

동네에는 갱생원까지 있었다. 우리가 '수녀 아줌마'라고 부르던 분들이 갱생원에서 일을 보았다. 갱생원 수용자들이 어딘가 작업을 갔다가 줄을 맞춰 삽을 어깨에 메고 돌아오거나 동네에서 작업하는 것도 많이 보았다.

발랑 까져서 세상 무서울 게 없던 우리들도 이 아저씨들에게서 위압감을 느꼈다. 깡패들 '곤조' 싸움도 흔하게 보던 우리들인데도 그랬다. 소주병 서너 개를 바닥에 팽개쳐 깨곤 거기에 웃통을 벗고 구르며 곤조 부리던 깡패를 봐도 그냥 소소한 구경거리 정도였다.

"야, 저 아저씨 살살 구른다?"

초등학생 정도인 우리들이 그 피범벅의 현장에서 하는 말의 수준이었다. 그렇지만 남 해코지하지 않고, 싸우지도 않는 갱생원 아저씨들인데도 묘하게 무서웠다. 갱생원은 연고 없는 사람들, 행려들, 알코올중독자들, 설사 연고가 있어도 가족 그 누구도 꺼내가지 않는 사람들이 수용되는 곳이었다. 그들의 무표정 때문이었던 것 같다. 그게 포기 같은 거라는 생각은 나중에 들었고. 중학생이 되어 『이반 데니소비치의 하루』 같은 소설을 보면서 그 갱생원 아저씨들을 떠올렸다. 버려지거나 기약 없는 사람들이라는 공통점이 있었다.

그들이 갱생원을 출소하지 못하고 수용 상태에서 죽어서 동네 어딘가에 묻혀 있다고 했다. 내가 그 동네에, 보통 '산○○번지'라고 부르던 서울의 수많은 변두리 중 하나였던 고택골 언저리에 들어가 살던 때가 1970년대 초반이었다. 나중에 자료를 찾아보니 이 동네가 무연고자 묘지였다. 옛날엔 많이 태어나고 많이 죽었다. 묘를 쓸 형편이 안 되는 사람들이 리어카에 거적 씌워서 여기 갖다 묻었다. 서울 인구가 폭발했

다. 죽은 자 위에다 누가 또 묻었고, 그 옆에 또 묻었다. 동네
에서 하수구 작업을 하다가도 대퇴골 같은 게 툭툭 튀어나왔
다. 그런 광경을 봐도 워낙 흔한 일이라 우리 같은 애들도 잠
깐 구경하다가 흥미를 잃었다.

  찐개는 그런 우리 동네를 나와 함께 누볐다. 고택골에 아지
트가 있다는 소문이 돌았다. 아지트. 듣기만 해도 가슴이 두
근거리는 말. 아이들은 왜 굴을 파거나 숨으려고 할까. 우리
들은 야산에 아지트를 팠다. 고택골에는 누군가 깊고 튼튼하
게 파놓은 굴이 있었다. 원래 간첩이 쓰던 아지트라고 했다.
이미 임자가 있었는지 그 안에는 온갖 물건이 있었다. 주간지
에 낡은 담요 같은 것들. 거기에 기어 들어가서 찐개랑 하늘
의 별을 보았다. 그러다가 갑자기 나타난 고택골 형들에게 세
게 맞았다. 찐개는 대들다가 더 맞았다.
  "니가 신일 사는 뙤놈(되놈)이지? 이 새끼."
  신일의 정식 이름은 신일연립이었다. 우리가 알고 있는 그
런 수준의 연립은 아니었다. 그냥 수용소처럼 방 하나, 간이
부엌 하나인 벌집이었다. 이름만 연립이었다. 찐개는 화교였
다. 힘도 세고 성깔도 있어서 이미 인근 동네에 소문이 났던
모양이었다.

그때는 동네마다 주먹과 '곤조' 선수권 대회 같은 게 열렸다. 장소는 어른들의 시선을 피할 수 있는 야산 능선의 산소들 옆이었다. 동네마다 중학생 정도 되는 왕초들 라인이 서로 소식을 주고받는다. 대회를 한번 열자고. 체중 같은 걸 재는 법은 없었고, 학년 단위였다.

초등학교 5학년 정도가 되면 이 스트리트 파이터의 세계, 꼬마 깡패이자 일진에 입문할 수 있었다. 초등 5학년에서 중1·2까지가 해당자였다. 찐개는 5학년이 되자마자 근동의 4강자 정도로 소문이 났고, 두 번 싸우고 챔피언이 되었다. 찐개는 힘이 셌지만 마음이 약했다. 싸움이 나서 승부가 기울면 결정타 한 방을 날려주는 게 불문율이었다. 코피를 줄줄 흘리게 하거나 입술을 터뜨려줘야 싸움이 끝났다. 마음 약한 찐개는 그렇게 못 했다. 대회를 유치한 형들이 찐개를 때렸다. '짱꼴라 새끼'라고, 마지막 펀치를 날리지 않는다고 또 때렸다. 곰 같은 찐개는 말없이 맞았다. 그날 나는 첫 출전해서 '1회전'에서 늘씬 맞았다. 둘이 함께 맞고 와서 그가 주는 만두를 먹었던 것이다.

찐개네가 뭘 해서 벌어먹고 사는지 몰랐다. 어머니는 삯바느질을 했다. 아버지는 대만(타이완)을 드나들며 무역을 한다고 했는데, 그런 거창한 사업을 할 리 없었다. 정말 사업가라면 하수도 파다가도 사람 뼈 나오는 동네에 살 것 같지는 않았다. 한번은 그의 아버지가 동네에 뭘 팔고 다녔다. 카메라였다. 일제 야시카, 미놀타보다 좋은 거라고 했다. 몇몇이 샀다. 명동의 중화민국 대사관에도 드나들며 일했기 때문에 화교 사정에 밝은 우리 아버지는 그 소식을 듣더니 한마디 하셨다.

"그거 장난감 같은 싸구려일 거다. 허, 찐개 아버지가⋯⋯."

찐개네 집 앞을 지나면 늘 중국집 냄새가 났다. 찐개 엄마는 한국인이었는데 음식은 중국식이었다. 석유풍로에다 검은색 냄비를 놓고 돼지기름 녹여서 뭔가를 볶았다. 찐개랑 그의 형이 어느 늦여름 밤에 신일연립 담벼락에 내의 바람으로 앉아 만두를 먹던 장면이 기억난다. 그건 간식이 아니라 밥이라는 걸 우리도 알고 있었기 때문에 "한입만"을 하지도 않았다. 나는 그때 이미 중국식 만두를 알았다. 진짜 만두는 속이 없다는 걸. 찐개는 쪄낸 하얀색 빵의 배를 갈라서 어머니가 볶은 무언가를 끼워서 먹었다.

"엄마가 그랬어. 중국 만두는 속이 없다고."

내게 찐개는 최초의 국제 요리 선생님이었다. 사람들은 각자 다 다른 걸 먹는다고, 그걸 알아야 한다고. 내가 '뙤놈'이라는 말을 싫어하게 된 것도 찐개 덕이었다. 찐개는 중학교에 갔다. 까만 교복은 비슷했는데, 국방색 천으로 된 가방을 멘 것이 멋졌다. 나중에 생각해보면 그게 무슨 학도병 유격복 같기도 했다. 중화민국은 대륙의 공산당과 늘 대치하며 전쟁을 치르는 중이어서 그랬을까.

찐개는 타이완으로 떠났다. 한국 애들과 어울리는 바람에 중국어도 잘 못하던 찐개는 잘 적응했을까. 나는 이 글을 쓰기까지 40년 동안 그 생각을 했다. 찐개는 잘 살고 있을까. 나를 기억할까. 내게 만두를 준 것도 기억하고 있을까. 아니, 나란 존재를 잊지는 않았을까. 타이완으로 떠난다는 찐개와 마지막으로 먹은 음식은 만두였다. 냉장고도 없이 살 때라 부엌의 낡은 합판 찬장에 들어 있던 식은 만두. 만터우. 죽죽 찢어 먹으면 맛있는 만터우.

그날 우리는
두부 두루치기를 먹었다 1

1970년대에 이미 서울은 만원이었다. 이촌향도(離村向都)라고 했다. 나중에 언론은 그것을 박정희 정권의 정책이라고 했다. 곡물 가격을 낮춰서 농민들이 고향을 버리고 도시로 향하게 만들었다고 했다. 그들이 수출 역군이었다. 처녀 머리카락을 끊어서 가발 만들어 수출을 하며, 그밖에 뭐든 수출해야 먹고살 수 있다고 외쳤다. 초등학교 2학년 때인가. 학생들은 "백억 불 수출 천 불 소득"이라는 구호가 적힌 리본을 가슴팍에 달고 다녔다.

서울엔 구로공단이 있었다. 최근에 그 동네를 걷는데, 상전벽해였다. 이른바 벤처타운으로 변한 구로동이라니. 변하지 않은 건 공단의 상징이던 '수출의 다리'였다. 오래된 다리를 자세히 보니, 시멘트가 낡아서 언제라도 철거해야 할 꼴이었다. 저 다리로 무엇이든 달러와 바꿀, 가발 같은 수출품을 실은 트럭들이 다녔을 것이다.

도시 변두리로 몰려온 농촌 출신 사람들은 공단이나 공사장에서, 마치코바(동네에 있는 작은 공장)에서 열심히 일했고 결혼해서 아이를 낳았다. 학교가 미어터졌다. 2부제는 물론이고 오후 1시에 등교하는 3부제도 있었다. 한 학급에 90명을 넘기기도 했다. 교실 크기는 그대로인데 애들만 자꾸 집어넣었다. 요즘 교실과 같은 크기에 90여 명까지 들어가 수업을 받았다고 생각하면 된다. 책상을 칠판 앞까지 바싹 당겨놓아서 맨 앞에 앉은 애들은 남산 바라보듯 고개를 쳐들어야 했다. 그러고도 수용이 안 되어 한 학년에 스무 반이 넘는 학교도 있었다. 전교생 조회를 할 수 없어서 절반씩 나눠서 했다. 가을 운동회도 1·3·5학년 따로, 2·4·6학년 따로 했다.

야바위꾼이 주름잡던 시절

학교 앞에는 햇복숭아와 해삼·멍게 장수가 좌판을 벌였다.

병아리 장수도 있었고 뽑기 장수와 야바위꾼이 진을 쳤다. 초등학생을 상대로 온갖 야바위꾼들이 몰려왔다. 물방개나 지네 경주에 애들이 돈을 걸었다. 지금 생각하면 말이 안 되는 일이었다. 기억나는 야바위 중에는 '긴 거 짧은 거'가 있었다. 비슷한 크기의 고무줄을 보이게 해놓고, 길이가 짧은 거나 긴 것을 정해서 돈을 거는 야바위였다. 딜러(?) 아저씨가 교묘하게 손안에서 고무줄 크기를 속이는 수법이었는데 모르고들 당했다.

이런 일들이 어떻게 가능했을까. 생각해보라. 수업이 끝나서 학생들이 나오면 대략 수천 명이 교문 앞에 바글거린다. 거기서 장사치들과 야바위꾼들이 구석구석에 판을 연다. 선생님들이 통제하고 말고 할 게 없었다. 매일 하교 시간이면 난민촌 같은 카오스가 벌어지는 것이었다.

한번은 내가 한 야바위 딜러 아저씨에게 50원을 잃었다. 벼 이삭이 그려져 있는 은빛 동전. 일주일 용돈이었다. 버스 요금 10원이 아까워서 걸어 다닐 때였다. 그때 내 친구가 나섰다.

"아저씨, 그거 속이는 거잖아요!"

"뭐, 이 자식아. 뭘 속여. 넌 돈도 안 걸고 왜 끼어들어!"

딜러 아저씨는 판돈을 대충 거둬들이면서 인상을 썼다.

"××, 속이는 거 누가 모를 줄 아냐고!"

철수였다. 우리 반 철수. 그가 역성을 들었다. 딜러 아저씨에게 대들다니. 딜러 아저씨가 한 대 칠 기세였지만 철수도 만만치 않았다. 딜러 아저씨가 50원을 획 던지고 침을 뱉었다.

"재수 옴 붙게 어린 새끼가. 꺼져, 새끼야. 먹고 떨어져!"

나는 무서워서 얼어붙어 있었다. 철수가 태연하게 50원을 집어 들어 툭툭 털어서 내게 주었다.

철수가 날 챙긴 건 이유가 있었다. 글짓기 숙제를 내가 대신 해주곤 했던 것이다. 나도 그가 좋았다. 주먹이 세고 놀이를 꿰고 있는 데다가 어린 나이답지 않게 덕이 있었다.

당시 소년들이 할 수 있는 '알바' 중엔 리어카 뒤밀이가 있었다. 산동네 입구에 있다 보면 아저씨들이 짐을 산더미처럼 싣고 올라갈 때가 있다. 겨울에 연탄 리어카 같은 게 특히 그랬다. 그때 뒤를 밀어주면 10원을 줬다. 우리는 같이 뒤밀이를 했다. 그것도 아무나 못 했다. 짭짤한 벌이였던 것이다. 나는 철수 덕에 간혹 그 일감(?)을 땄다. 리어카 아저씨가 딱 한 명만 고를 땐 덩치가 더 큰 철수가 낙점받았다. 그는 몸이 아프다며 내가 대신 일을 할 수 있게 해줬다. 그렇게 받은 10원으로 우린 '10원에 마음대로' 만화가게에 갔다. 10원을 내면

권수 무제한으로 만화를 볼 수 있는 방식이었다.

　나는 초등학교를 두 번 옮겼는데, 이사를 가서 그런 게 아니었다. 밀려드는 인구로 금세 과밀 학교가 되어버려서 시에서 새로 학교를 지어댔기 때문이다. 그러면 근처의 학교 서너 개에서 학생들을 뚝뚝 떼어 전학을 보내버린다. 서울 변두리 야산을 밀고 학교를 새로 지었다. 봄이 되어 등교하면 담임이 전학 갈 애들 이름을 부르고 그러면 바로 가방을 쌌다. 그날 바로 새 학교로 전학 가는 것이었다. 아이들은 새 학교 이름을 그때 처음 듣게 된다. 학교가 새로 생기면 이름을 지어야 하는데 교육청도 얼마나 골치가 아팠을까. 가좌동과 연희동 사이에 새로 생겼으니 '연가'라고 짓는 식이었다.

　날씨 사나운 봄날 아침, 변두리 신작로와 야산 길을 인솔 교사 따라 1000명도 넘는 학생들이 줄지어 걸어가던 풍경은 지금도 기억의 구석에서 찬바람을 불러온다. 새 학교는 아직 운동장 공사가 완성되지 않아 진창이었다. 운동장에 낡은 나무 패널을 쭉 깔아 교사(校舍)로 들어가는 길을 만들어놓았다. 나는 봄추위에 코를 훔치며 패널 위를 걸었다.

　아이들의 입성은 형편없었다. 가난한 애들은 낡은 봄 스웨터의 손목 부근이 때에 절어 반들반들했다. 정전기를 일으키던 싸구려 화학섬유 스웨터는 낡고 닳아서 올이 풀리면 연탄불에 지져서 그대로 입었다. 그런 애들이 도시 변두리를 가득 채웠다. 전학 가는 길을 걷는데, 누가 등을 툭 쳤다. 철수였다. 너도 나랑 같은 학교로 전학 가는구나. 반가웠다. 50원 사건 이후로, 리어카 뒤밀이 팀(?)으로 우린 친해져 있었다.

마도로스를 기다리던 소년

철수는 '소년의 집' 출신이라고 했다. 소년의 집은 아동보호시설이었던 것 같다. 거기 출신 애들이 초등학교에서, 길에서 짱을 먹곤 했다. 우선 깡이 셌고, 나이도 동급생보다 한두 살 많았다.

철수와 추석 무렵 수색에 갔다. 그쪽에 묘지가 있어서 먹을 게 많다는 것이었다. 성묘 마친 어른들이 산소 근처를 얼쩡거리는 애들에게 과자며 '옥춘이사탕(옥춘당)' 같은 걸 나눠주었기 때문이다. 옥춘이사탕에 웨하스, 센베를 먹으러 가자! 대형 묘역이 이미 있어서 물(?)이 더 좋은 벽제와 용미리까지 진출하는 애들도 있었지만 거기는 좀 멀었다. 시외버스를 타야 할 거리여서 포기했다. 수색이 만만했다. 하지만 옥춘이사탕은커녕 괜히 그쪽 애들에게 얻어터질 수도 있었다. 영역 침범이었으니까.

수색은 센 동네였다. 난지도(지금은 상암동 하늘공원으로 탈바꿈했다)가 있었다. 그 동네 애들은 아무도 못 건드렸다. 누군들 냄새 나는 쓰레기 하치장에서 벌이를 하고 싶었을까. 난지도는 그때 이미 쓰레기차가 몰려들었다. 쓰레기가 산을 이루는 정도는 아니었고, 너른 들판처럼 펼쳐져 있었다. 그때 우리 동네 애들이 쓰는 말이 있었다. "상암동엔 똥파리, 가좌동엔 날파리, 신촌엔 왕파리." 그냥 의미 없는 소리였는데, 상암동은 쓰레기 하치장 덕에 정말로 파리가 들끓는 동네였다.

그날, 수색 야산에서 우리가 옥춘이사탕을 노리고 있을 때 어디선가 상암동 패들이 짠 하고 나타났다. 그들도 우리처럼 옥춘이사탕과 과일을 얻어먹으러 온 것이었다. 우리는 옥춘이사탕이고 뭐고 포기하고 싶었다. 그만 돌아가려는데 철수는 상암동 패들과 붙었다. 직사하게 맞았다. 거의 머리 하나는 더 큰 형들이었다.

추석을 쇠고 복도에서 철수를 만났다. 그가 옥춘이사탕이랑 알록달록한 젤리를 내밀었다.

"야, 너 주려고 숨겨놨던 거야."

아마도, 지금 생각해보니 소년의 집에서 형들에게 얻은 것이었을 테다.

철수는 부모가 있었는데 보호시설에서 살았다. 자세한 건 모른다. 자기 아버지가 '마도로스'라고 했다. 배 다 타면 데리러 온다고 우리에게 말했다. 그는 아버지가 마도로스 모자를 쓴 흑백사진을 우리에게 보여주곤 했다. 마도로스는 전 세계를 다닌다고 했다. '딸라'를 많이 벌어서 큰 궤짝에 싣고 부산에 입항하면 자기를 데려갈 거라고 했다.

새 학교에서 철수를 만났고, 같이 졸업했다. 중학교가 갈리면서 연락이 끊어졌다. 그러다 고등학생이 되어 다시 만났다. 당시 출입금지이던 신촌의 경양식집에 갔을 때 "라이스로 하시겠습니까, 빵으로 하시겠습니까" 하고 묻던 경양식집 웨이터로 해후했다. 철수는 중학교만 마쳤다고 했다. 일찍 유흥가로 돌았다. 그를 만났을 때 이미 웨이터 일을 시작한 지 꽤 되어 일종의 견습 부하인 '뽀이'도 몇 거느리고 있었다. 녀석이 돈가스와 비후까스(비프커틀릿)를 시킨 내 자리에 슬쩍 맥주를 준 기억이 난다. 믿어지지 않겠지만 그 맥주는 칼스버그였다.

그러고는 그와 소식이 끊어졌다. 내가 가지고 있는 연락처라고는 그의 가게 전화번호가 전부였다. 웨이터는 오래 일하는 자리가 아니었다. 군대를 제대하고 신촌에 가서 그를 수소문했다. 경양식집은 이미 없어졌고, 철판볶음밥집으로 변해 있었다. 그의 소식은 들을 수 없었다.

그러다가 내가 회사에 취직하던 무렵, 자정이 넘은 신촌 골목에서 그를 만났다. 그는 벽돌처럼 큰 모토로라 휴대전화를 들고 있었다. 그 골목의 건달이 된 것이었다. 대폿집에서 술을 한잔했다. 그는 아주 큰 어른처럼 말했다. 오랜만에 친구를 만나면 허름한 술집에 가는 거야.

"찬일아, 나 두부도 먹었다 야. 험하게 살았어."

교도소도 들락거렸다고 나는 알아들었다. 그날 안주로 두부 두루치기를 먹었다. 빵(감방)에 갔다 오면 죄를 잊으라고, 표백하듯 두부를 먹인다. 그러나 두부처럼 하얗게 씻어낼 수 없는, 그의 이야기가 오래 계속됐다.

그날 우리는
두부 두루치기를 먹었다 2

이제 건달계의 멤버가 된 옛 친구 철수와 앉은 두부 두루치기 집은 매캐한 양념 타는 연기로 가득했다. 철수는 이미 교과서에 나오는 초등학생 철수처럼 생기지 않았다. 눈빛은 상했고 어깨에는 긴장이 들어가 있었다. 녀석답지 않게 말이 많았다. 전화를 걸러 자리를 비우려 하자 그가 벽돌 같은 모토로라 이동전화기를 내밀었다.

"야, 이거 써."

"요금 비싸다던데."

"괜찮아. 친구 덕에 써보는 거지. 국제전화는 걸지 마라. 큭큭."

전화기는 지지직 끓었다. 군대 무전기처럼 감도가 나빴다. 상대방 목소리가 잘 들리지 않아 나도 모르게 목소리를 높였다. 술집에 있던 사람들이 큰 목소리에 놀라 우리를 보고는 이내 고개를 돌렸다. '모토로라 벽돌 전화기'는 당시 부자나 깡패가 쓰는 것이었다. 부자가 대폿집에 오지는 않을 것이고, 누구겠나. 나는 우쭐해서 별로 중요하지도 않은 이야기를 길게 통화했다. 깡패보다 깡패 친구가 더 어깨에 힘을 넣는 법이다. 녀석은 '더 써. 더 쓰라고' 하는 표정으로 나를 보고 웃었다.

"광화문 곰은 아니지만 사채 일을 좀 했어. 못할 일이더라. 관두고 이리 나왔다."

"'광화문 곰'이 뭐야?"

그는 짧게 설명했다. 유명한 사채업자라고, 재벌도 그 사람에게 돈을 빌린다고 했다.

"에이, 무슨 재벌이 사채업자에게 손을 벌려. 농담하지 마. 근데 어떻게 살았어?"

녀석이 두부를 먹게 된 사연

두부 두루치기는 참 흔한 안주였다. 멸치육수로 맛을 내고 매운 다지기를 풀어서 두부를 얹고 조려 먹는 안주. 대폿집에서만 파는 삼류 안주이지만 제일 맛있는. 값이 워낙 싸서 이제는 이문 남길 게 없어서일까, 서울 술집에서는 찾아보기 힘들어졌다. 25도짜리 소주가 500원인가 할 때였다.

"두부는 왜 먹게 된 거야?"

내가 물었다.

"웨이터 하다가 동네 형이 불러서 일수 사무실에서 일했어. 신촌 로터리에 '우산속'이라고 디스코장 있었지? 그 뒤의 사무실에 있었는데 출근하면 밥 주고 용돈도 줘. 점심 먹고 형들 따라 돈 받으러 다녔지. 술집 아가씨나 마담들, 멤버들한테 빌려준 돈을 받는 거야. 문제는 걔들이 자주 없어져요. 일수를 덜 찍고 사라지는 거지. 주민등록 주소에 가봐야 다 말소되어버려서 찾지도 못해. 봉고차 타고 전국을 돌아다녔어. 아가씨들 찾으러."

술집 아가씨들은 사라지면 서울의 반대편에 가서 일한다고 했다.

"사람 심리가 빤해. 대략 반대로 가는 거야. 신촌이면 천호동으로, 연신내면 영동으로 간다고. 화류계 물장사는 밤에 시작하는데 너희들 눈에는 안 보이지만 새로 세상이 하나 생긴다. 낮 세상, 밤 세상이 달라. 캄캄해서 아무것도 안 보이는 밤인데도 우리들 눈에는 그게 낮이야. 밤에 일하는 사람들은 밤 지도가 있어. 딱 하면 다 보인다고."

지독하고 무서운 사무실 형들은 수법도 꽤 놀라웠다고 한다.

"부녀자보호소 같은 데 가서 잡는 사람도 있어. 불법으로 일하던 아가씨들이 잡히면 거기 좀 갇혀 있다가 나오는데, 나오면 딱 잡는 거야. 아가씨들이 어느 술집이든 가서 선불을 땡길 수 있는데, 그걸 아가씨들이 받자마자 고스란히 수금으로 받아오더라고."

재형저축이라는 게 있던 시절이다. 3년 동안 600만 원을 적금으로 부으면 만기에 1000만 원을 주던 고금리 시대였다. 사채는 오죽했을까.

"선이자 떼고 주고, 딸라에 반딸라가 기본이야. 아가씨들이 제일 무서워하는 게 깡패가 아니야. 이자지."

술집에서 일하는 사람들에게 놓은 돈을 걷으러 다니는 건 거친 일이었다고 했다. 다른 지역에 가면 그 지역에도 깡패가 있고 건달이 있었다. 밤에만 생기는 지도로 먹고사는 사람들. 족보(?)를 맞춰봐서 순순히 일이 풀리기도 하지만 대개는 영역(나와바리) 침범이 되어서 출혈도 있었다고 한다. 그러나 영화에서 보는 것 같은 큰 사고는 안 내려고들 했단다. 서로 불법이었으니까. 하지만 감옥에 자주 갈 수밖에 없었다.

"평소엔 그냥 놔둔다고. 형사들과 술도 같이 마시고 그래. 그러다가 갑자기 유흥가 돈 싸움으로 누가 죽고 신문에 난다, 그러면 형사들이 싹 움직인다고."

대충 그런 얘기들을 흥미롭게 들었다. 나중에 소설을 써야지. 철수 얘기를 쓰면 베스트셀러가 될 거라고 생각했다.

"난 개인들 수금은 안 해. 그거 못하겠더라."

요샛말로 사채 불법추심 행위랄까. 막무가내의 시절에 벌이던 만행이었다. 신용카드가 없던 때라 돈 빌릴 데 막막한 사람들은 동네에서 계를 한다. 돈이 돈을 먹는다고, 한번 돈이 말리면 빚 갚느라 또 빚을 낸다. 다른 사람 통해서 또 번호계에 가입해 돈을 당긴다. 그러면 물어야 할 돈이 천정부지로 올라간다고 했다. 번호계는 빨리 받아 쓰면 갚아야 할 이자에 곗돈까지 해서 점점 더 돈이 불어나기 때문이다. 그러면 더 이상 돈 빌릴 데가 없어지고 소문이 나면서 '부도'가 난다. 그때 사채업자에게 돈을 빌린다.

"별사람들이 다 있어. 도박, 경마 하는 사람들도 있지만 멀쩡한 회사원이나 장사하는 사람들, 그냥 일이 없어서 생활비 꾼 사람들. 그런 데 가서 돈을 받아오는데 기가 막혀."

대개 빚을 많이 지면 도망을 간다. 야반도주다. 그전에 정보를 얻어야 한다고 했다. 사채업자들 사이에 소문이 돈다고 했다. 사채업자 A, B를 거쳐 C에게도 돈을 빌린다면 그건 악성 채무라고 했다.

그쯤 되면 A, B의 사채업자는 '채무자가 자빠지기 전에' 빨리 회수를 하려고 한다. 철수가 제일 하기 싫었던 건 '애들 학교에 찾아가는 것'이었다고 했다. 말 안 해도 뭔지 알 만한 얘기였다.

"막내(사채업자 보조) 때는 봉고차에 이불을 싣고 다녔어. 빚진 사람 집에 들어가서 그냥 거실에다 이불 깔고 있는 거야. 라면도 몇 개 사 가서 끓여 먹어. 응? 그 집 가스에다 끓여 먹지, 그럼 어디에 끓여 먹냐. 냉장고에서 신 김치 꺼내서 먹지. 어떤 때는 화투를 가지고 가. 혼자 가면 (운수) 패 떼고, 둘이 가게 되면 맞고 치는 거야. 그냥 그러고 있으면 몇 푼이라도 주인이 돈을 마련해서 온다고."

이불도 꽃그림 그려진 빨간 담요가 최고라고 했다. 그걸 둘둘 말아 들고 집에 쳐들어가면 그렇게 위압감을 준다나. 한겨울인데도 보일러 기름 넣을 돈도 없는 집이 있어서 전기장판도 가지고 가는 때도 있었다. 눌러 앉아 있으면 코가 시렸다고 했다.

"돈이 어디서 나오든 우리는 상관없어. 친척들, 친구들한테 빌리라고 쪼는 게 기본이지. 근데 그쯤 악성이 되면 이미 빌릴 만한 데는 다 빌린 거야. 그러면 몰래 사채업자를 알려줘. 일단 돈을 받는 게 주목적이니까. 어느 날은 채무자 집에 가면 집주인은 사라져서 없고 우리끼리 (사채업자들끼리) 만난다니까."

철수와 그날 많이 취했다. 옛날 동네 얘기를 하면서 우리는 더 취했다. '손 씻는다'는 말을 그가 많이 했다. 그러기에 철수는 이미 꽤 망가져 있었던 것 같다. 술자리에 눈초리 사나운 부하들이 자꾸 와서 뭔가를 전하고 갔다.

철수와 마셨던 생맥주는 없다

녀석을 마지막으로 본 건 내가 일하는 사무실 근처에서였다. 여전히 모토로라 전화기를 들고 주머니에 손을 깊이 찌른 특유의 걸음걸이로 다방에 들어서던 장면이 선하다. 녀석은 얼굴에 주름이 잡혔고 피곤해 보였다. 눈에 핏발도 서 있었다. 사채는 하지 않는다고 했다.

"이제 사업을 한다. 그 동네는 글렀다. 네가 좀 도와주라."

무서웠다. 뭘 돕니, 내가.

저녁이 되어 가게 밖에 테이블 야장 까는 생맥줏집에서 노가리에 생맥주를 마셨다. 맥주는 크라운만 먹던 녀석이었다. OB는 싱겁다고. 내게 고등학생 때 칼스버그를 주던 녀석다웠다. 칼스버그는 쌉쌀한 맛이 강해서 1980년대 한국에 상륙한 후 영업이 잘되지 않던 맥주였다. 크라운 생맥주 서너 잔을 급히 마시더니 녀석이 말을 꺼냈다.

"우리 (중국) 동포들이 한국을 와야 하는데 비자가 안 나와. 네가 힘 좀 써야겠다."

나는 당시 작은 잡지사에서 일하고 있었다. 그게 무슨 대단한 '빽'이라고 나를 찾았을까. 녀석이 막장에 도달하고 있었던 것이다. 세상 물정 잘 모르던 나였지만 그게 무슨 일인지 감이 왔다. 녀석의 말을 들어보니 맞았다. 그러니까 한국에 와서 불법 취업하려는 중국인 내지는 중국 동포를 관광객으로 위장하여 입국시키려는 일이었다. 그게 큰돈이 된다고 했다.

"네가 어디 빽 좀 써서 관광비자 좀 나오게 해주라."

내가 법무부에 가서 이불 깔고 화투 친다고 나올 비자가 아니었다. 평생을 밤의 논리로 해결해온 녀석으로서는 그게 가능한 일이라고 생각했을 것이다. 아니, 실제로 그런 작업을 성공시키는 경우가 왜 없었으랴.

기어이 녀석이 생맥주 값을 내고 갔다. 며칠 뒤인가 녀석이 와서 내 신용카드를 빌려 갔다. 다음 달 카드 청구서에 내가 무슨 세라믹 담요를 샀다는 할부 내역이 인쇄되어 있었다. 220만 원을 24개월 할부로 샀다는 것이다. 30년이 다 된 얘기다. 그러고는 철수와 지금까지 연락이 되지 않는다. 그 후 어느 동창이 내게 전화 한 통을 걸어온 적이 있다.

"내가 TV에서 봤다. 영등포역 앞에서 노숙자들이 밥을 타 먹는데 거기 분명히 철수가 서 있었다고. 잡으러 가봐라."

철수와 마셨던 크라운 생맥주도 없고, 이제 철수도 없다. 세상 일이 그렇다.

우리는 그렇게
가난을 겨뤘다

'김 군'이라고 하겠다. 그는 내 대학 시절 친구였다. 휴대전화도 삐삐(가 뭐냐고 묻지 마세요)도 없던 때 우리를 만나려면 학생식당으로 가면 되었다. 학생 수천 명이 우글거리던, 잠실 학생체육관만 한 학생식당에서도 우리 둘은 딱 눈에 띄었다. 나는 5월이 되도록 고등학생 때 입던 교련복 하의에 추리닝 상의였고, 김 군은 군용 야상을 입고 있었기 때문이었다. 유치한 의도가 전혀 없었다 할 수는 없지만 사실 입을 옷도 변변치 않았다.

'같은 옷 계속 입기'로 치면 다른 동기인 이오정 군을 능가하기란 불가능했다. 그는 입학 때 입은, 아마도 아버지가 쌀

팔아 전주 백화점에서 사주었을 '고르뗑(코듀로이)' 겨울용 싱글을 5월의 중간고사 이후에도 계속 입고 다녔으니까. 이오정 군은 진짜로 옷이 없었다. (이 글을 나중에 읽은 동기가 "아냐, 오정이는 1년 내내 그 옷을 입고 다녔어. 5월까지가 아니었다고" 하며 정정해주었다는 걸 밝힌다.) 하지만 김 군이나 나도 비슷했다. 둘 다 어떻게 대학을 들어왔는지 의심스러운 재정 상태의 가정 출신이었다.

그와 친구가 된 건 아주 자연스러웠는데, 둘 다 궁핍의 역사를 부끄러워하지 않았기 때문이다. 치기도 없지는 않았을 것이다. 우리는 학교에서 만나면 오전에는 학생식당으로 갔다. 식사를 막 끝낸 동기생의 식판을 들고 재활용을 노렸다. 배식하던 아줌마들은, 그들도 어머니였던지라 모른 체하며 재활용 식판에 밥을 듬뿍 담아주었다. 물론 세 번째는 여지없이 거절당했다.

"학생, 너무한다, 진짜."

이 한마디에 우리도 물러섰다. 여담이지만 아마도 우리는 사회에 진출하여 소주잔 돌리기를 배우기 전에 이미 헬리코박터균에 감염되었을 것이다.

나는 그렇게 학생식당 밥에 포한(抱恨)이 있었다. 기어이 나중에 그 한을 풀었다. 이른바 '근로장학생'이란 것에 당첨되어 학생식당 조리실에서 시급 600원인가 받고 두어 달을 일할 수 있었다. 시급도 좋은 데다 밥을 원 없이 먹을 수 있어서 더 끝내줬다. 조리실에는 실장이라고 부르는 남자 전문 요리사도 있었는데, 그가 무를 번개처럼 탁탁 써는 걸 보고 얼마나 반했는지 모른다. 나도 요리사가 되어야지. 그래서 밥도 맘껏 먹고 무도 한 가마니씩 팍 썰고 그래야지. 무릎까지 오는 깜장 고무장화를 멋지게 신고, 반팔 면 요리복을 입고, 쌀가마를 훌쩍 지고 다니는 그 요리사 실장님이 그렇게 잘나 보였다.

나중에 나는 진짜로 요리사가 되었는데 하나도 멋이 없었다. 왕년의 사내들이 진짜 폼은 났다. 그 실장님은 쉬는 시간에는 양파 자루를 깔고 앉아 담배를 피워 문 채 칼을 썩썩 갈았다. 담배 연기가 눈에 들어갈 때 찡그리는 것도 정말 기차게 멋있었다. 나는 그 흉내를 내보려고 당구장에서 담배를 입에 문 채 큐를 겨누다가 그만 불똥이 당구대 나사(천)에 떨어져서 치도곤을 당했다. 폼은 아무나 잡는 게 아니다.

김 군과 나는 서로 누가 더 가난한지, 아니 더 가난하게 살았는지 겨루기도 했다. 감추고 싶은 일들을 서로 떠벌리는 자발스러운 짓을 했던 것이다.

"너 정육점에 비계 얻으러 가봤냐?"

"동회(현재의 주민센터)에서 영세민 밀가루 딱지는 못 받아봤지?"

"나는 육성회비 150원만 냈다."

"야, 나는 공짜였어. 그 덕에 육성회비 밀린 놈 나오라고 해서 싸대기 때리는 선생도 피할 수 있었지."

"너, 말 잘했다. 그럼 도시락 못 싸가서 점심시간에는 수돗가 갔겠네?"

"아니. 학교에서 가난뱅이들에게 빵을 줘서 때웠지."

"거짓말 마. 서울에서 빵 무료 급식 없어진 게 1973년도인가 74년도인가 그럴걸?"

그렇게 끝이 없었다. 결정적으로 친해진 건 그의 이런 얘기 때문이었다. 내가 지고 말았다.

"우리 집은 포장마차를 해서 먹고산다. 연탄불 화덕에서 꼼장어랑 꽁치 굽는 게 내 일이야. 일이 끝나는 새벽에는 종로에서 왕십리까지 리어카를 끌고 왔어. 종로 보관소에 맡기면 되는데, 장사가 안 되어 보관료를 못 벌었거든. 내가 리어카는 기차게 끈다."

동기생 몇은 그의 가업인 포장마차에 가봤다고 한다. 안 팔리는 안주를 실컷 먹을 수 있어서 좋았다고. 철없던 녀석들.

우리는 둘 다 졸업을 못 했다. 그는 학교를 두어 학기 다니고 일찌감치 생업 전선에 뛰어들었다. 거지와 다름없었던 나는 그를 찾아가서 술이며 밥을 얻어먹었다. 그는 어느 김대중이 이끌던 야당 기관지 기자였는데 쥐꼬리만 한 급여로 식구들을 먹여 살렸고, 우리에게 거친 술도 샀다. 나는 자주 그에게 갔다. 그가 마감을 마칠 때까지 9시고 10시고 그의 일터 앞에서 기다렸다. 추운 날이었는데, 건물 밖 계단에 종이 박스를 깔고 앉아 하염없이 기다리니 수위 아저씨가 내게 수위실로 들어와서 전기난로라도 같이 쬐자고 했던 게 기억난다.

김 군이 환하게 웃으며, 군용 야상 대신 양복을 입고서, 감지 않아 늘 웨이브가 멋진 머리를 휘날리며 일을 마치고 나타나면 신이 나서 소주를 마셨다. 그는 소주를 좋아했고 나는 맥주파였다. 그때 그가 정한 룰은 '맥주는 한 병까지만'이었다. 당시만 해도 맥주는 헤픈 술이어서 '부르주아용'이라고 손가락질했다. 그때 내 꿈은 맥주를 상자째 주문해서 마시는 거였다.

실제 그런 집이 있었다. "맥주 한 박스!"를 외치면 정말로 직원이 낑낑대며 운반해 온다. 차갑게 마셔야 좋은 술이지만, 그놈의 개폼이 중요하기 때문에 냉장고를 벗어나서 테이블 아래 놓인 미지근한 맥주를 마셨다. 그 상황을 묘사하는 용어도 있었다. '맥주 박스째 깔고 앉아 마시기'였다. 돈방석을 깔고 앉는다거나 하는 말에서 온 것 같았다.

맥주 한 박스 마시기는 내가 이룰 수 없는 꿈이었다. 뱃구레는 되는데 돈이 없었다. 다른 꿈으로는 생맥주를 한 케그 (keg) 통째로 마셔보는 것이 있었다. 그때는 케그라는 말도 몰랐고, 그냥 술통이라고 했다. 역시 끝내 해보지 못한 희망이었다. 나중에는 맥줏값 정도는 생겼지만 내 배의 술통이 작아져서 할 수 없게 되었다. 참고로 당시 케그는 은회색의 납빛깔로 된 볼록한 모양이었다. 아주 무겁고 컸다. 아마 30리터들이였을 것이다. 요새 나오는 날씬한 스테인리스 케그는 대개 20리터들이다.

김 군도 꾸준하게는 일을 못 했다. 나도 그랬다. 다니던 직장을 툭하면 그만두고 다른 일을 전전했다. 마침 둘 다 실업자일 때 어느 술집에서 한잔 마셨다. 하필 고깃집이었다. 고기도 추가 주문했다. 술값이 '솔찬히' 나올 참이었다. 어쩌다 말싸움이 났다. 그가 벌컥 화를 내면서 자리를 박차고 일어나 나가버렸다. 신용카드라는 게 아직 보급되기 전이었다. 나는 당황했다. 뒤도 안 보고 씩씩대며 사라지는 그의 뒤통수에 대고 이렇게 소리쳤다(아, 정말 창피하다).

"야, 술값 내고 가, 새끼야!"

녀석도 아마 돈이 없었을 것이다. 머리 좋은 녀석이 계산할 시간이 오기 전에, 무전취식으로 즉심 회부되기 전에 튀자고 생각했을 것이다. 아직 물어보지 못했다. 정말 너 그때 돈이 없었니.

늘 가난했던 우리들이었다. 주머니를 탈탈 털어 술을 마시다가 차가 끊기곤 했다. 피시방도 밤새우는 만화방도 없을 때였다. 택시비가 남았을 리가. 결국 누군가의 집에 가야 한다. 김 군 집은 좁아터진 셋집이라 차라리 반지하지만 내 방이 따로 있던 우리 집이 나았다. 어느 날 새벽에 소란스러운 소리에 잠이 깼다. 김 군이 사고를 쳤다.

"집이 캄캄해서 말이지. 너무 급해서 화장실 문을 열고 볼일을 봤지 뭐야."

"새꺄, 그게 안방 문이라고."

문 쪽에 머리를 대고 주무시던 아버지는 뭔가 뜨거운 액체가 떨어져서 꿈인 줄 알았다고 하셨다. 허허, 젊을 때는 사고도 치고 그러는 거지 뭐. 아버지는 친구의 이름을 아주 단단히 기억하고 계셨다. 가끔 식사하다가 내게 물으셨다.

"걔 지금도 만나냐? 큼큼."

이젠 김 군을 얼마든지 만나서 집에 데리고 와도 된다. 그를 기억하는 우리 아버지가 더 이상 안 계시기 때문이다. 세월은 흘렀고, 맥주 한 상자 마실 돈도 있는데, 그도 나도 바쁘고 지쳤다. 그는 대학졸업장도 없이 어떻게 세월을 살아갔다. 사서자격증을 어떻게 따서, 지역도서관 관장도 지냈다. 장하다, 포장마차 아들아.

노을이란 이름이 슬퍼서

세상에 대책 없는 게 여섯 살과 중2라고 했던가. 여섯 살 때 내 사진이 몇 장 있다. 모자를 세 개나 삐뚜름하게 쓰고 세발자전거에 올라앉아 배를 한껏 내밀고 뗴를 쓰고 있는 장면이다. 왕년에 사진 촬영이란 건 큰 이벤트였고 그래서 'NG'를 내면 안 되었다. 비싼 필름을 소모하게 되니까. 그래서 어떻게든 포즈를 잡게 마련이었다.

나는 모자 세 개를 쓰는 고집쟁이 아기였다고 한다. 물론 사진사 앞에서 포즈 같은 건 잡아주지 않았다. 멀쩡한 사진이 없는 이유다.

어른들은 45도 각도로 서서 허리에 손을 얹고 멀리 하늘을 보는 폼이 유행이었다. 옆에 '友情(우정)' 같은 한자를 쓰고 '단기 4200년 ○월 ○일' 같은 기록을 써넣는 것도 인기였다. 그렇지만 아이들이란 어른들의 뜻대로 움직이지 않는 법이라 원하지 않는 사진도 남게 마련이고, 오히려 순간의 포착으로 더 인상적인 사진이 나오기도 했다. 내가 의도한 일은 아니었지만, 그때가 여섯 살이었을 거다.

자, 중2로 훌쩍 넘어가 보자. 좁은 교실에 70여 명이 버글거리고 있으니 안 그래도 해석 불가능한 존재인 중2들이 얼마나 대책이 없었겠는가. 쉬는 시간마다 도시락을 까 먹고 힘을 내어(?) 서열 정리용 주먹다짐을 벌이곤 했다.

당시 학교 앞에 콘크리트로 단단하게 지어놓은 거대한 화단이 있었다. 길이가 무려 30~40미터는 너끈히 되는 멋진 화단이었다. 어느 쉬는 시간, 그 화단 앞에 몇몇이 모였다. 운이 나쁘게 나도 그 자리에 있었다. 한 녀석이 넘치는 힘을 주체하지 못하고 그 화단을 살살 밀어보기 시작했다. 그러자 그게 무슨 덕유산 흔들다리처럼 앞뒤로 천천히 움직이는 게 아닌가. 아니나 다를까, 다른 아이들 몇몇이 흥미를 보이기 시작했다.

중2는 근육을 쓰는 나이다. 문제는 머리를 안 쓴다는 점이다. 녀석들이 힘을 모아 영차 하며 화단을 밀어붙이기 시작했다. 고기나 햄 같은 건 비싸서 못 먹는 시대의 아이들이었는데도 통일벼, 보리밥, 삼양라면의 힘은 있었다. 아침마다 교장선생님이 각별하게 관심을 가지고 물을 잘 주도록 '소사 선생님'에게 지시도 했던 화단을 밀어댔고, 그 화단은 지진이라도 만난 것처럼 풀썩 허물어지고 말았다. 위에 얹어놓은 방초들도 흙더미와 함께 허무하게 쓰러졌다.

이 광경을 우연히 운동장에서 본 같은 재단의 고등학교 선배들이 놀라서 달려왔다. 지진이라도 난 줄 알았던가. 그 화단이 무너질 때 나는 친구들의 표정을 보았다. 도저히 이해할 수 없는 득의와 이내 순간적으로 얼굴에 스쳐 가던 현실적 불안이 교차하던. 그러고는 쏜살같이 흩어져 각자 교실로 숨어들었다. 화장실 음화의 화풍과 필적만으로도 전교생 2500명 중에서 범인을 색출해내던 학생주임 선생님도 이상하게 화단 붕괴 사건의 범인은 잡아내지 못했다. 어쨌든 그 사건은 그렇게 묻혔다.

그 범인 중 한 명이 춘삼이였다. 아니, 그 시절은 이미 동혁이나 민규라는 이름이 나오던 때인데 어쩌자고 그의 부모님은 춘삼이라고 지었을까. 알고 보니, 작명은 할아버지의 작품이었다. 봄 춘(春) 자는 동양에서 가장 고귀한 글자 중 하나다.

중국집도 1호는 공화춘이고, 당시 서울시장도 구자춘이었다. 그렇지만 춘삼이는 문제가 있었다. '거지 왕 김춘삼'이 당시 이미 유명한 인물이었기 때문이다. 춘삼이는 거지라는 별명을 얻었다.

하필 춘삼이는 고아였다. 할아버지가 계신데 노동력이 없어서 학비도 스스로 번다고 했다. '코끼리표 조지루시' 3단 흑색 도시락을 메고 다니는 아이들이 많던 부자 학교였는데 녀석은 늘 도시락을 안 싸왔다. 매점에 가서 50원짜리 우동이나 라면을 먹었다. 화단 사건 이후 나는 녀석과 친해졌다. 우리는 공범이었으니까.

중학생인 우리가 매점에서 빵을 사 먹고 있을 때, 고등학생 두어 명이 빵과 콜라를 매점 아래 숲으로 던지는 걸 보게 됐다. 그 숲은 당시 비원(秘苑)이라고 부르던, 지금은 창덕궁 금원이었다. 사람의 출입이 없는 그곳에 다람쥐 같은 게 돌아다니니까 소년들이 그걸 맞히겠다고 지대가 높은 매점 자리에서 아래로 병을 던지곤 했다. 춘삼이와 고등학생이 시비가 붙었다. 왜 콜라병을 던지느냐, 중학생이 형에게 덤비네, 이러다가 싸움이 붙었다. 1대 2였다. 딱 두 방이었다. 춘삼이의 스트레이트와 훅이 한 방씩 그 형들의 턱에 꽂혔다. 그걸로 끝이었다. 춘삼이는 당시 라이트급 최고의 주먹 김현치인가 유제두인가가 대표 격이던 권투도장의 관원이었다. 나는 춘삼이가 좋아졌다.

　그는 신문 보급소에서 먹고 잤다. 새벽에는 《한국일보》를 돌리고, 대충 오후 수업을 마치고는 다른 보급소로 가서 석간을 배달했다. 보급소에는 총무라고 부르는 관리직급의 배달원이 있는데, 그들이 보통 200부, 300부를 돌렸다. 아파트가 거의 없던 1970년대였으니 신문 200부는 엄청나게 많은 양이다. 소년들은 보통 100부 정도를 책임졌다. 하지만 녀석은 총무급의 일꾼이었다. 보급소에 놀러 가면 2층 다다미방에서 석유곤로로 라면을 끓여 먹었다. 그러고는 나도 같이 신문을 돌렸다. 잉크 냄새 나는 신문을 세 번 접는다. 그러면 대충 정사각형의 큰 딱지 모양이 된다. 그 상태로 바람의 저항을 받지 않도록 최대한 빠르게 철문 위로 던져 넣는 게 그의 기술이었다.

　그때 보급소에는 클레임이 잦았다. 던져 넣은 신문이 물기 있는 마당 구석에 떨어져서 젖었다. 아니면 개가 물어뜯기도 했고, 문틈에 끼워 넣어둔 걸 경쟁사 총무가 슬쩍 꺼내가기도 했다. 자전거도 상품권도 안 주고 초인종 눌러 신문을 확장하던 순수한 시대였다.

녀석이 신문 돌릴 때 가장 좋아하던 동네는 종로 일대의 익선동과 와룡동이었다. 그 동네에는 이른바 요정이 많았다. 그 유명한 요릿집 '오진암'도 거기 있었다. 유흥 전선에서 일하며 동생들 학비를 대던, 그런 곡절 많은 서사가 존재하던 시대였다. 그러니 그곳에서 일하던 누나들이 우리에게 감정 이입했을 것 같다. 툇마루에 앉아 누나들이 쥐여주던, 아마도 어느 요정 방에서 물려나왔을 약과와 산자에 생율을 먹던 기억. 오도독한 생율의 식감까지 오감의 기억에 남아 있다. 나중에 약과와 산자는 사라졌지만, 생밤이라 해도 될 걸 굳이 '생율'이라 부르던 그 음식은 시대가 바뀌면서 요정을 밀어낸 룸살롱의 안주로 지금도 살아남았다고 한다.

각자 다른 학교로 진학하면서 우리들은 헤어지고 연락이 끊겼다. 이메일도 휴대전화도 없는 때였으니까. 그가 신문 배달을 때려치우고 중앙시장에서 석유 배달하는 걸 다른 친구가 한번 우연히 보았다고 한다. 춘삼이 녀석이 내 얘기를 했다던가.

요즘도 종로3가에서 파고다극장 터를 지나 와룡동, 익선동까지 걸어가면 늘 녀석이 생각난다. 권투로 성공해서 챔피언을 먹으면 헤어진 부모님이 자신을 알아보고 감격의 상봉을 할 수 있으리라 믿었던 춘삼이. '노을'이라는 이름의 커다란 빵을 제일 좋아하던 춘삼이.

노을은 아주 커다란 빵이었다. 부피 대비 절반 정도의 가격이어서 노동자들과 배고픈 학생들이 많이 먹었다. 땅콩크림 샌드위치나 파운드케이크 같은 빵을 사 먹기엔 주머니가 가벼운 이들의 몫이었다. 가겟방에서 파는 빵에도 계급이 있었다. 왜 크기만 하고 맛없는 빵을 좋아하느냐고 물었더니 "노을이란 이름이 슬퍼서"라고 했던 춘삼이. 나는 그의 슬픔을 다 듣지 못했다. 노을빵은 이제 없고 대신 소주를 한잔 사고 싶으니 살아 있으면 연락 좀 해다오, 춘삼아.

매운 돼지곱창에
찬 소주만 마셨다

우리 때는 중3이 되면 연합고사 준비를 했다. 동아출판사에서 나온 『15년 연속 기출문제집』 같은 걸 사서 보곤 했다. 나는 그때부터 좀 이상한 애여서 영어며 수학 쪽보다는 '가사'와 '가정' 편을 열심히 보았다. 당시 남학생은 상업이나 공업(또는 농업, 수산업, 광업 등 실용 학문) 중 하나가 연합고사 시험 과목이었고 여기에 기술은 필수였다. 그러니까 여학생은 가사와 가정, 남학생은 기술과 상업(공업)을 공부했다. 나는 당연히 가사와 가정을 볼 필요가 없었는데 그 기출문제집은 남녀 구별이 없어서 함께 묶여 있었다.

가사와 가정은 정말 신세계였다. 이렇게 재밌는 과목이 있다니. 세상에 흥미로운 글이 음식 글이다(당신이 보고 있는 이 글처럼). 오므라이스, 샌드위치, 건포도와 사과를 넣은 월도프 샐러드 만드는 법이 시험 문제라니! 초등학교 실과 시간에는 다 같이 요리도 만들었는데, 중학생만 되면 남녀를 구분했다. 요즘은 알아보니 실용 과목에서 남녀를 가르지 않는다.

연합고사도 수능처럼 점수를 냈다. 서울 지역 인문계 고등학교의 입학 커트라인이 대개 200점 만점에 120점 내외였다. 연합고사란 수능처럼 지역별로 고교 입학시험을 통합으로 보고, 그 점수에 따라 입시를 가르는 방식이다.

흥미로운 건 당시 실업계 커트라인 점수가 굉장히 높았다는 점이다. 어떤 학교는 180점이 커트라인이었다. 특히 여상의 점수가 엄청나게 높았다. 그때 부모들은 살림 봐가며 여식의 진학 여부를 결정하곤 했다. 반에서 1, 2등 하던 우리 누나도 실업계를 갔다. 누나는 원서를 쓰고 온 날, 울지도 않고 담담하게 내게 말했다.

"내가 얼른 돈 벌어야지 뭐."

그 시절엔 그랬다. 중학교 한 반에 70명이면 열 명 이상은 실업계를 갔다. 서울시내 학교는 대개 비슷했다. 남중의 실업계 지망생 열 명 중에 다섯은 상고, 나머지는 공고였다. 가난한 나라였고, 대학보다 당장 먹고살 수 있는 실업계가 인기가 있었다. 집안은 가난한데 공부 잘하는 아이들이 그렇게 실업계 고등학교에 갔다. 그렇게 상고, 공고에 간 학생들이 바닥부터 일하면서 한국을 끌고 갔다고 해도 된다. 한국이 조선 강국이 되고, 기계 잘 만들고, 반도체 왕국이 된 것도 다 그 오빠 언니들 덕이다. 은행에서 주판 놀리며 예금 관리해서 한 푼씩 저금하던 국민들 살림을 해주는 게 상고 나온 언니 오빠들이었다.

내 친구 진규도 그랬다. 아마도 그의 집이 먹고살 만했다면 인문계열의 고등학교를 가서, 명문 대학을 가는 코스를 밟았을 것이다. 그러나 그의 아버지는 일찌감치 공고를 선택했다. 1학기 말이던가, 담임선생님이 진규 부모님을 불러 면담을 했다. 진규 부모님은 집안 형편에 대해 단호하게 설명했고, 공부 잘하니 인문계 보내서 대학 보내자던 담임선생님도 물러섰다. 진규는 서울의 명문 공고에 갔다. 학교 앞에서 라면을 같이 먹던 우리도 각자 다른 길을 찾아 헤어졌다.

그를 다시 만난 건 서울 중앙시장 근처였다. 비닐 천막을 친, 매운 고춧가루 양념 타는 냄새가 행인을 부르는 돼지곱창집에서 술을 마시고 있었다. 트럭 배터리로 불을 밝히는 환한 전구 너머로 아는 얼굴이 보였다. 진규였다. 그는 작업복을 입고 있었다. 지금도 선명하게 기억난다. 가슴팍에 군복처럼 주름 잡힌 큰 주머니가 두 개 달린 누런 작업복. 공고를 나와 울산의 어느 조선소에서 일한다는 말을 들었던 진규를 서울에서 보다니.

"사람 살 데가 아니더라. 엄청나게 큰 배 안에서 용접하는 일을 했어. 한낮에 일하려면 죽음이야. 배는 쇠로 만들지? 그게 달궈지면 어떻게 되겠니. 달걀 깨서 올리면 바로 프라이가 된다고. 그 안에서 일하는 거야."

진규는 그 일을 '철판야끼'라고 했다. 당시 고급 요리로 인기 있던 일본식 테판야끼 같았다고. 한낮에는 배 안의 온도가 섭씨 50도를 넘는다고 했다. 그의 동료 중에는 중동 사우디아라비아로 돈 벌러 다녀온 선배들이 많았는데, 사우디보다 더 힘든 게 대한민국 조선소라고 했다.

"돈은 아주 조금 줘. 우리 회사가 하청에 하청이거든."

그때는 조선소니 하청이니 하는 게 뭔지 알아들을 수 없었다. 나는 적당히 술집과 학교를 오가는 룸펜급의 복학생이었다. 그는 식은 돼지곱창에 소주를 털어 넣고 말했다.

"조선소 떠나서 요샌 서울에서 설비 배운다. 냉동 창고 같은 데 기계 고치는 일이야. 나중에 먹고살자면 이게 낫겠다 싶어서. 배 일 안 하니 살 것 같다."

그의 말 중에서 기억하는 건 악몽에 관해서였다. 자다가 자주 진땀을 흘리고 이불을 적시는데, 영락없이 한여름 폭염에 절어 배 안에서 용접하는 꿈이라고 했다.

"작업하다가 종종 작업복을 벗어 비틀어 짜면 땀이 흘러내리거든? 진짜야. 3교대도 아니고 우린 2교대야. 조선소는 24시간 돌아가거든. 우리 같은 하청들은 교대 개념도 없다. 돈내기(도급)라고. 하여간 일을 마치고 다들 옷 갈아입는데 등에서 소금이 떨어져. 반장님이 그랬지. 한 달만 소금 모으면 김장도 담근다고. 그러면 다른 선배가 거드는 거야. 밤에 구내식당 사람들이 라커에 와서 소금 걷어간다고. 초짜들 놀리는 말이었지만 처음엔 진짜인 줄 알았지. 맛을 봤더니 맛소금보다 더 짜."

녀석이 돼지곱창을 추가로 시켰던가. 그때 중앙시장 근처에는 돼지곱창 노점이 정말 많았다. 가까운 마장동에서 돼지 창자를 사다가 바락바락 빨아서 삶은 후 고춧가루 양념 넣고 철판에 볶아 내는 요리다. 원래는 왕십리가 원조였다고 하는. 볶은 곱창은 얇은 장방형 멜라민 접시에 수북하게 담아냈다. 이놈이 식으면 맛이 묘해진다. 당면이 불어서 검불처럼 엉키는데 매운 양념이 들러붙어 떡이 진다. 이쯤에 아줌마에게 부탁해 한 번 더 볶는데 손님들이 먹다 남긴 소주병을 뒤집어서 아낌없이 소주를 붓는다. 떡이 진 양념과 당면이 술술 풀려서 또 먹을 만하게 된다.

냉동 창고 일도 만만하지 않다고 했다. 그는 한여름에 닭털 넣은 미군용 '돕바'를 입고 일한다고 했다. 오리털 파카 같은 건 구경할 수 없던 때였다.

"옛날에 배 만들 땐 더워 죽겠더니 요새는 얼어 죽는 꿈을 꾼다. 아주 팔자가 희한하다."

진규가 냉동 창고 일을 그만두었다는 소식을 들었다. 결혼을 했고, 다들 밥벌이하느라 바빴다.

페이스북이 진규의 소식을 알려왔다. 다시 중앙시장에서 만났다. 30년 만이던가. 돼지곱창 안주였다. 여전히 매웠다. 아린 속에 찬 소주를 붓는 방식으로 마셨다. 긴 세월이 흐르는 동안 소주 도수만 25도에서 18도로 낮아졌고 우리는 늙었다.

진규는 어쩌다가 그 골목에서 돼지곱창 노점을 인수해서 한동안 장사를 했다고 한다. 장사가 제법 되었다. 한 사람 건너 식당 차리고 카페나 술집을 하는 나라다운 일이었달까. 기술자였던 진규는 곱창을 볶고, 글 쓰던 나는 파스타를 볶는다. 다들 볶고 있으니 사 먹는 건 누구의 몫인지. 하기야 식당 주인들이 돌려막기 하듯 서로 각자의 식당 밥을 팔아주며 버티는 건 아닐까.

"그 자리가 애매하게 남의 땅덩어리랑 물려 있었는데 수십 년간 장사해오던 자리니까 믿고 인수했지. 웬걸, 반년쯤 됐을까, 그 가게 뒤를 다 허물고 땅을 파더니 아파트를 짓는 거야. 가게 한쪽 절반이 싹둑 사라졌어. 허허."

게다가 상권을 만들어주던 명물 풍물 중고시장이 다른 곳으로 옮겨갔다. 손님이 줄고, 매기(買氣)가 사라졌다. 한동안 아파트 터를 파놓은 벼랑 옆에 붙어서 장사를 계속했다고 한다. 결국 손들고 나왔다. 다 정리하니 남은 건 일수 찍는 공책이었단다. 사채도 얻어 썼던 것이다.

곱창볶음은 식었고 소주만 줄어들었다. 진규는 배 만드는 도시로 가서 품을 팔다가 일거리가 없어져서 손을 놓았다. 다시 사채라도 꿔서 돼지곱창집을 해볼까 궁리 중이라고 했다.

"그래도 없이 하는 장사로는 돼지곱창볶음이 최고다. 원가 싸지, 맛있지. 그렇지, 친구야?"

아직도 한 접시에 1만 원짜리 술안주다. 허기와 매운 갈증을 채워주던 서울 변두리 음식의 작은 역사를 진규가 다시 이어갈 모양이다. 네 아버지가 널 인문계 보내고 네가 번듯하게 대학에 갔더라면 어땠을까, 하고 물으려다 말았다.

•이미지 출처
본문에 실린 사진은 아래 기재한 사진을 제외하면 모두 최갑수가 찍었다.
61쪽 : 박경호 119, 133, 234쪽 : 박찬일 244쪽 : Martins Vangs

밥 먹다가, 울컥

초판 1쇄 발행 2024년 2월 5일
초판 5쇄 발행 2024년 3월 15일

지은이 박찬일

발행인 이봉주 단행본사업본부장 신동해
편집장 김예원 교정교열 윤정숙
디자인 co•kkiri 본문사진 최갑수
마케팅 최혜진 백미숙 홍보 송임선 제작 정석훈

브랜드 웅진지식하우스
주소 경기도 파주시 회동길 20
문의전화 031-956-7361(편집) 031-956-7129(마케팅)
홈페이지 www.wjbooks.co.kr
인스타그램 www.instagram.com/woongjin_readers
페이스북 www.facebook.com/woongjinreaders
블로그 blog.naver.com/wj_booking

발행처 (주)웅진씽크빅
출판신고 1980년 3월 29일 제406-2007-000046호

ⓒ 박찬일, 2024

ISBN 978-89-01-27937-4 (03810)